COLLECTION SÉRIE NOIRE
Créée par Marcel Duhamel

Parutions du mois

2597. LA CHAIR DES DIEUX
(MARTINE AZOULAI)

2598. RIEN NE BRÛLE EN ENFER
(PHILIP JOSÉ FARMER)

2599. LA HOTTE
(VINCENT MEYER)

2600. LA NUIT DES ROSES NOIRES
(NINO FILASTÒ)

VINCENT MEYER

La hotte

GALLIMARD

Prologue

Convenons que le mort est dans une position in-confortable. Notez bien que, la rigidité cadavérique accentuant méchamment l'impression d'inconfort, il a presque l'air de léviter : allongé sur la banquette avant de son semi-remorque, la tête tournée vers une vitre et les pieds vers une autre, il semble toucher à peine la feuille de skaï. Tout laisse à penser qu'il ne conduira plus son engin, pas sur Terre en tout cas. La couleur évidemment : celle de sa peau est violine, ses lèvres sont délavées, l'œil est sec. L'ensemble du spectacle à coup sûr : le regard est fixe, les paupières écarquillées, le mouvement du corps arrêté dans une terrible convulsion, pour échapper dirait-on à une clé de corps, à quelqu'un ou quelque chose, et pourtant brisé comme une victime de Pompéi, laissé là à un sort pathétique et fatal tel le moulage éternel d'une tragédie. Mais ce n'est pas une terre cuite grandeur nature : c'est — c'était — un bonhomme, raide. Mort de la veille, voilà ce que dira le médecin légiste ; au plus tard à onze heures trente. La sensation de lévitation vient en partie de là : il s'est débattu avant de raidir, et a conservé dans la mort cette torsion qui lui fait à peine toucher sa banquette.

Les pompiers et les gendarmes sont déjà là, le SAMU est reparti parce qu'il y en avait d'autres pour qui on pouvait encore faire quelque chose.

On a découpé le caoutchouc qui maintenait le pare-brise pour pouvoir l'ôter, et accéder à la cabine, pour pouvoir l'ôter lui. Mais on n'aurait pas su extraire le cadavre par le devant du camion, sans lui écorcher la moitié de la peau ; alors on a attendu la criminelle. C'est que le corps ne peut pas être déplacé. Le premier dans la cabine, un touriste de Chamonix avec un brevet de secourisme, s'en est rendu compte en essayant de mettre le routier en PLS (« Position Latérale de Sécurité »). « Il ne faut pas déplacer les victimes », dit la consigne numéro 1 des cours de secourisme, il faut les mettre en PLS et attendre les secours. Le touriste de Chamonix, dépassé par sa responsabilité au milieu du cercle d'une dizaine de personnes qui s'était rapidement formé devant le Scania a sans doute oublié que ces gestes essentiels concernent les vivants, et que la PLS sur un cadavre, c'est un cataplasme sur une bite de fer. Quand on le voit si désolé de n'arriver à rien, on a l'envie de lui donner une petite

8

tape affectueuse dans le dos et de lui dire : « Hé con, laisse tomber, le mec est mort ! »

Impossible de le déplacer : le cadavre est collé un peu partout. Le ventre et la poitrine à la banquette, un bras au côté droit et à la banquette en même temps, un autre au volant, le visage et le cou à la garniture de la porte gauche, et les pieds, nus, à la vitre, côté passager. Collé, c'est-à-dire vraiment collé, avec de la colle. Le camionneur est mort par étouffement, un sparadrap sur la bouche, un autre sur le nez, un peu froissé, pour que ça lui bouche les trous de nez. Il est un peu bleu sur les avant-bras, violacé sur le visage — on l'a déjà dit, mais la répétition convient à la description de l'horreur.

On sent qu'il a dû se débattre désespérément, essayer de respirer, comme à travers un sac-poubelle, sans y parvenir. Il y a tant de points de colle, qu'il ne pouvait plus bouger, ou guère que le petit doigt. Il a certainement été très surpris en se réveillant, suffoquant, vous l'auriez été aussi.

L'adjudant de gendarmerie accueille les inspecteurs de la Crime avec le sourire. Oui, c'est un bon jour pour la gendarmerie, voilà un crime poilant, c'est le mot même qu'a employé l'adjudant-chef, chacun a pu l'entendre lorsque l'OPJ de Troyes s'est approché du camion.

En dix ans de carrière, le chef des pompiers n'a jamais vu ça. Pour le gendarme c'est en vingt ans, pour le gérant de la station-service, c'est en vingt-cinq. On se croirait à un concours. Pour les deux de la criminelle aussi, c'est la première fois. La première fois que quoi ? On ne voit pas très bien ce qu'ils veulent dire, peut-être la première fois qu'ils voient un mort qui fait rire.

Il n'y a pas moyen de sortir le corps de l'habitacle, il est bien collé, le bougre. Comme le corps est collé aux deux portes, et qu'il est bien raide, ça maintient le camion presque hermétiquement clos, et, heureusement, le secouriste de tout à l'heure était plutôt fluet. « Heureusement », enfin, c'est histoire de parler parce que : « Hé con, le mec était déjà mort ! »

Et c'est du solide. C'est un gendarme qui a suggéré : sortir la victime, avec tous les accessoires qui sont collés au bonhomme. On démonte la garniture de la porte gauche, la vitre de la porte droite, on désosse le volant (pas facile, clé de seize), le fauteuil (au chalumeau), on passe l'ensemble à travers le trou du pare-brise, parce que ça ne passerait pas par une porte, et on crée ainsi une fameuse attraction, qui attire tous les touristes, ceux de Chamonix et d'ailleurs, pas mécontents de s'être arrêtés dans cette station pour prendre de l'essence — voilà des vacances qui commencent bien, d'ailleurs, effectivement, on se poile tout autour.

La main collée sur le volant semble dans un geste naturel aider les pompiers, comme si, tous les bras étant occupés, le mort se soit proposé pour donner un coup de main, en portant lui-même un accessoire. On imaginerait ainsi un passager, tué dans un déraillement, garder sa valise à la main sous le drap pudique qui le recouvre, ou bien le noctambule abattu à la sortie d'une boîte de nuit dans un règlement de comptes, serrer contre lui son pardessus roulé, sur la civière. Un camionneur aidant à porter son volant, pourquoi pas ?

L'OPJ fait les cent pas, des allers et retours entre les gendarmes, quelques témoins qui ont tout vu, c'est-à-dire rien, le secouriste qui a fait tout ce qu'il a pu, c'est-à-dire rien, le gérant de la station-service, qui pense avoir tout compris, c'est-à-dire, finalement, pas grand-chose. Comme on n'avancera pas avant longtemps dans cette enquête, autant retenir l'hypothèse du pompiste ; elle ne vaut pas un pet de lapin mais faute de mieux : ce serait une pute, qu'il aurait fait monter dans le camion, et qui n'aurait pas voulu se laisser sodomiser ; après, le récit se complique, il est question d'atémi et d'osoto-gari, la fille a le dessus, le camionneur est assommé et ça finit comme ça, avec la colle tout autour. On ne sait pas très bien quel est le lien. De toute façon, l'OPJ, qui a entendu cette version des faits, s'empressera de l'oublier, il y a mille indices qui la contredisent ; par exemple : des traces sèches sur la banquette — on ne dira pas quoi. Et puis le camionneur n'a pas l'air d'avoir été battu.

La victime est un chauffeur bordelais, qui se rendait en Italie pour le compte d'une entreprise d'Agen. On n'en saura pas plus pour le moment ; d'ailleurs on n'en saura pas davantage, ni maintenant, ni plus tard.

L'enquête commence mal, elle continuera mal, elle finira pareil. Il y a bien ces quelques traces sur la banquette, furtivement aperçues au cours du déménagement. Des choses sèches, on n'a pas dit quoi, mais on devine.

Nomarsky suit de près son chef qui tangue entre les experts, les gradés, les curieux, quelques cons, dont on ne s'explique pas la présence ici, autrement peut-être que par leur connerie. Un vent chaud chargé de vapeurs d'essence fait voler au vent quelques mèches qu'il chasse d'un geste sans importance.

*

Le téléphone a sonné, dans le bureau miteux. On a failli ne pas l'entendre, à l'étage au-dessus, en effet, des ouvriers percent les planchers à la mèche à béton pour faire passer les câbles du réseau : c'est qu'on est en train d'informatiser le service. Ça vient un peu tard, les truands sont équipés, eux, depuis longtemps, mais bon, on aura accès aux fichiers *on line*. Ça pendouille un peu partout comme des lianes, des fils blancs et jaunes avec des prises multibroches que les installateurs appellent

« autobus », ou quelque chose comme ça. Il y a là un policier stagiaire, qui décroche le téléphone en se bouchant l'autre oreille de la main. Il fronce les sourcils et crie à l'OPJ :

— C'est la morgue ! !
— Ah ! Passe-le-moi ! ! Salut toubib !
— Dites donc, Blanchot, c'est quoi ces conneries, vous m'envoyez des discoboles à restaurer maintenant ? C'est pas le musée d'Athènes ici.

« L'affaire du discobole », c'est ainsi qu'on devait la surnommer par la suite, par allusion au volant que le camionneur tenait encore à la main, tenait si l'on peut dire, vu que le volant était collé sur ses mains à la superglu.

— Vous connaissez la chanson, Blanchot ?
— La chanson, quelle chanson ?

Visitez le musée d'Athènes (bis)
Vous y verrez -rez-rez
Bien conservés ohé ohé,
Trois poils du cul de Démosthène,
Qui jadis lui servaient d'antennes,
Et les roustons-tons-tons du père Platon
Et les roustons-tons...

— Oh là, toubib, on se calme, on n'est plus à l'internat, là, désolé d'interrompre de si bons souvenirs mais ce n'est pas une antiquité qu'on vous a livré. On ne vous demande pas une restauration, tout au plus une expertise.

— Ah Ah ! c'est bien vrai, on ne risque pas de lui rendre ses couleurs ! Bon, drôle de drame, dites donc. Il a été « supergluté » — je ne sais pas, il faudrait trouver un mot, vous avez une idée ? Oh là là, y en avait partout. On l'a décollé au scalpel ; il a fallu s'occuper de lui tout de suite, avant nos autres clients. Avec sa panoplie, il ne rentrait même pas au frigo. Qu'est-ce qu'on fait des accessoires ? On les dissèque aussi, ou on les rend à la famille ? Un volant de camion, je ne sais pas, à force de le caresser on doit s'attacher non ? C'est le cas de le dire, ah ah ! il était très attaché à son volant, ah ah ! vous direz ça à sa veuve de ma part, très attaché.

Bon, trêve de plaisanterie. Il a fait l'amour. Avant de mourir, le routier a fait l'amour. C'est la seule chose dont on soit sûr, pour le reste, mort étouffé, ça colle. Si on peut dire, ah ah, ça colle même très bien.

C'est Nomarsky qui a réagi le premier : « Avec une femme ? », a-t-il demandé. Blanchot a dressé l'oreille, Nomarsky a posé sur la table le cube de Rubik, pour lequel il n'est que médiocrement doué, mais qui occupe souvent ses mains, lorsqu'il n'en peut plus de gamberger ; et quand on pense que le Rubik's Cube est passé de mode depuis quinze ans, on se dit que ça fait un moment que Nomarsky fatigue.

Blanchot a raccroché, puis il a lentement pivoté autour de l'axe de sa chaise tandis que, insidieusement, un soupçon s'immisçait dans son esprit. Non pas concernant l'identité du coupable, mais un doute sur les mœurs de son adjoint. Cheveux courts, blue-jean, veste à carreaux, Nomarsky ne s'habille pas de manière explicite. Blanchot se souvient du jour où, ensemble, ils suivaient un match de foot sur un petit téléviseur, un soir de Coupe d'Europe — manque de chance, ils étaient de permanence. À la mi-temps, on avait passé une publicité pour une boisson gazeuse ; on y voit se tortiller de jeunes pépées et quelques minets, sur une plage du Brésil, Copacabana, sans doute. « Les filles sont canon », avait-il dit. « Les mecs aussi », avait répondu Nomarsky. Mais le coup d'envoi de la seconde mi-temps, et le but marqué par les Girondins de Bordeaux, avaient interrompu les réflexions de Blanchot sur la dernière sortie de son collègue.

*

On a bien trouvé un cheveu, un long cheveu châtain pris dans la colle, on a su par là avec quel sexe le camionneur avait fait l'amour, mais sorti de ça, il n'y a vraiment pas grand-chose à se mettre sous la dent. Et puis, perspicace, Blanchot s'en doutait un peu, il y avait des traces sur le fauteuil du camion, des choses sèches, on n'avait pas dit quoi, parce qu'on ne peut pas tout dire, mais bon, on vous laisse imaginer.

Pourquoi Blanchot se sent-il beaucoup plus concerné par les activités sentimentales de son collègue que par les galipettes mortelles d'un camionneur bordelais ? C'est difficile à dire. « Quand le vin est tiré, qu'importe le flacon », comme répétait la veille aux informations un garde-barrière, en état de choc, à Poussac, petite ville de Dordogne où un déraillement calamiteux s'était produit, causant la mort de trente-sept personnes. Dans le même reportage, « Le vers était dans le fruit et regardait Caïn » avait soulevé l'hilarité de quinze millions de téléspectateurs, à peine perturbés par les body-bags en plastique qu'on alignait méthodiquement dans le gymnase de la ville, transformé pour l'occasion en chapelle ardente.

*

Une colle, ce n'est pas toujours, forcément, n'importe quoi. Une bonne colle, à prise rapide par exemple, ce n'est pas très courant. Pour avoir essayé vainement de recoller le vase de ma belle-mère, cassé un jour de cuite où j'étais entré dans sa chambre en criant « je vous emmerde », j'en sais quelque chose, je peux vous dire. Et elle aussi.

Pour coller un homme dans son sommeil, il ne faut pas seulement le doigté et la douceur des gestes d'une femme, il faut une colle comme ça, un dérivé cyanuré, figurez-vous, qu'on ne trouve guère que dans l'industrie, que vous aurez du mal à trouver chez votre droguiste si d'aventure cette histoire vous inspirait. C'est le verdict de l'expertise.

On a donc employé pour décalquer le camionneur bordelais une colle peu courante. Mais cette colle n'est pas une inconnue des services de police. Pas plus tard qu'il y a un mois, un rigolo s'est amusé à faire un casse dans une bijouterie du quartier. Quelques gouttes sur le comptoir, « Baissez les mains, appuyez là, appuyez je vous dis, appuyez fort, ne bougez plus ». On avait dû décoller le malheureux vendeur avec une lame de rasoir, des solvants et de l'eau chaude. Après le départ du malfrat, il avait tiré une chaise vers lui, avec le bout de sa semelle. Il s'était assis dessus, et avait attendu là l'arrivée de la police, dans la position d'un ministre constipé qui s'apprête à ouvrir un dossier mal préparé quelque part à Montluçon, Genève ou Bruxelles devant des syndicalistes ricanants ou des diplomates accrédités, et dont on reverra le visage contrit aux actualités télévisées, entre le Tour de France, le Tiercé, et, peut-être, le fameux but égalisateur des futurs vainqueurs de la Coupe d'Europe

de football (s'agissait-il de Benfica ?), et la séance
— « dramatique » — des tirs au but.

On n'ose pas vous décrire dans quel piteux état
étaient les mains du vendeur après le décollement.
Souvenez-vous du jour où l'on vous avait collé sur
le pare-brise un autocollant symbolisant un panneau de stationnement interdit, et que vous l'aviez
arraché petit bout par petit bout avec une patience
d'ermite, avant de pouvoir enfin reprendre la route ; voilà, c'était à peu près cela.

*

Sur la liste de la société fabriquant ce produit, il
y avait mille deux cents entreprises et laboratoires,
parce que cette colle n'était pas en vente dans le
commerce. Un dérivé cyanuré, répétons-le, qu'on
doit conserver au frigo, sinon il s'évente rapidement et ne colle plus. Mais mille deux cents noms,
c'était trop, parce que aussi, il y en avait aux quatre
coins de la France, et que les budgets de la criminelle ne vont pas jusqu'à mobiliser des armées
d'enquêteurs pour un camionneur bordelais trouvé
mort sur un parking ; c'est une chose dont il faut
tenir compte, avant de traiter les policiers de nuls.
L'enquête s'est donc arrêtée là, ou presque, elle a
juste fini au service des affaires classées, où Roy
Vickers en aurait tiré un succulent récit. Puis deux
années ont passé pendant lesquelles d'autres affai-

res ont occupé les esprits et l'on a su la chose suivante :

— Salut, Maurice !
— Salut, Jo !
— Du nouveau ce matin ?
— Ben, écoute : il y a un type qui a appelé d'une station-service, un étranger avec un accent polonais, ou hongrois, ou quelque chose comme ça, il s'appelle Erdös, ou Erbös, ou Arbosch, je ne sais plus. Il était assez pressé. Il a raconté une histoire pas très claire, enfin, j'ai reconstitué à peu près ce qu'il voulait me dire : qu'il fait le trajet Budapest-Paris plusieurs fois par an, avec un camion. Il transporte des cubes de Rubik, quinze tonnes à chaque fois, t'imagines ? J'espère qu'ils les fabriquent directement avec les bonnes couleurs, et que y a pas des mecs payés pour les remettre dans l'ordre — bonjour la migraine.

Il a dit qu'en discutant avec le patron de la station, qui roulait encore des mécaniques en racontant cette histoire du mec collé, là, le « discobole », tu te rappelles, on a classé l'affaire.

— Oui... oui, et alors ?
— Ben, en discutant avec le pompiste, il s'est souvenu d'un truc. Le mec dit que la nuit du crime, il a vu une femme brune avec des cheveux très longs, assez petite, discuter avec le camionneur. Il dit qu'il a dormi là, et que visiblement la nana a

passé la nuit dans l'autre camion. Il dit que vers quatre heures du matin, alors qu'il se préparait à repartir, il l'a vue sortir discrètement, et monter dans une voiture qui stationnait plus loin. Une Toyota, rouge ou mauve, immatriculée 2A, il s'en souvient parce qu'il se demandait ce que ça pouvait être 2A, attendu qu'il pensait que les deux derniers chiffres ça correspondait à des numéros de départements. Bon, il est quasi sûr que c'était le discobole, que c'était le même jour.

*

Voilà, deux ans après le collage et le décollage du discobole, on a su que l'assassin venait de Corse, car 2A, sur les plaques d'immatriculation, c'est la Corse. Malheureusement, il y avait encore quarante-sept points de vente de cette colle en Corse, et ça en faisait encore trop pour pouvoir serrer l'assassin, malgré un épluchage méticuleux de toutes les listes de clients qu'on avait pu obtenir. C'est-à-dire que mille deux cents noms, c'était trop pour une enquête nationale, mais quarante-sept adresses c'était trop, là aussi, pour une enquête en Corse, mais n'y voyez aucune insinuation ; enfin non, après tout, vous êtes libre de penser ce que vous voulez — je n'en dirai pas plus.

C'est ainsi que, faute de personnel, de motivation et d'idées, les années ont passé, le discobole s'est décomposé dans son trou, mais alors vraiment décomposé, le volant a été rendu au camion, et les policiers à d'autres affaires. Ici s'achève le prologue, et *rideau* sur un meurtre ancien, étrange et inexpliqué qu'un séjour en Corse, bientôt, nous permettra de comprendre.

Ce que dit l'assassin

Ce n'est pas très facile de tuer un collègue. Et d'ailleurs, je le regrette ; enfin, je veux dire, je regrette de l'avoir tué ; que ce soit difficile, il n'y a pas à le regretter ou à ne pas le regretter... enfin, ça n'a pas d'importance. Et puis, après tout, ça n'a pas été si compliqué. Quand on dit que ce n'est pas facile, c'est parce que, bien sûr, tuer quelqu'un, quelqu'un qu'on connaît, qu'on croise tous les jours à la salle café, et dans les réunions, et au self avec son plateau ; quelqu'un avec qui on prend parfois le TER, avec qui on a covoituré pendant les grandes grèves : ce n'est pas facile, en soi.

J'ai réfléchi longtemps avant de le tuer, enfin longtemps... trois ou quatre jours. De toute façon, la manière s'est imposée à moi immédiatement. Si j'ai tant réfléchi avant de passer à l'action c'est surtout pour les autres.

J'aime bien l'ambiance, au laboratoire ; une ambiance, cela tient à peu de chose, alors, avant de le tuer, surtout, je me suis demandé si cela changerait quelque chose. Est-ce qu'après tout, la petite vie au boulot n'est pas dans un perpétuel et fragile équilibre qu'une mort violente risque de déstabiliser tout à fait ? C'était cela, ma crainte, que ce soit moins sympa, après. Je me suis posé cette question plusieurs fois, je l'ai retournée dans tous les sens. Oui, c'était bien de me débarrasser de lui, mais d'un autre côté, lui absent, rien ne serait comme avant.

Et puis bien sûr, on n'allait pas trouver ça naturel, ce mort empoisonné. Évidemment, on deviendrait soupçonneux, on n'oserait plus prendre un café à deux, ou bien descendre à la cave pour remonter un vieux générateur ou une chaise de bureau ; les gens allaient tous se regarder d'un sale œil. Si tout le monde se mettait à trouilloter, que resterait-il de ce qui me plaisait dans ce labo ? Les copains, ha ! ha ! envolés les copains, à mon avis, si on en retrouve un bien violacé, la tête dans le sac. Et moi-même, je devrais simuler la peur, faire semblant de craindre, pour faire comme tout le monde ; je me demandais, avant, si on pouvait faire semblant d'avoir peur de soi-même. Ça m'intéressait, sur le plan théorique, cette question. Maintenant que je l'ai tué, je peux le dire : non ce n'est pas possible, on a beau se forcer, quand on a tué, même si on l'a fait de loin, avec un certain art, comme on dirait d'un bijoutier ou d'un ébéniste, même si on n'a pas vu soi-même la victime suffoquer et rendre son dernier souffle, non, je le dis froidement, on ne peut pas s'inventer une peur de l'assassin, parce qu'on est l'assassin.

J'ai quand même essayé de mettre tous les arguments à plat, disons, avec méthode : c'est qu'après tout, ça pouvait leur convenir aux autres aussi que ce salaud disparaisse. Évidemment j'avais sans doute plus de motivation, de haine, que les autres, et encore, ce n'est même pas sûr. Il avait couché avec la moitié des épouses du labo, je suis prêt à le parier. Ça n'allait pas faire un grand trou dans l'eau, sa disparition ; bon, il fallait tout peser, il y avait du pour et du contre. C'est surtout moral, la difficulté, on ne sera plus la même personne, après, et puis mentir... toujours mentir, mentir éternellement c'est compliqué.

Il faut être sûr qu'on ne se plantera pas, c'est surtout à cela que je réfléchissais ; si on me découvre, me disais-je, la suite ne sera pas drôle. Perdre tous ses amis, devenir la honte de la famille, et le bleu de chauffe avec un numéro pendant dix ou quinze ans, l'atelier de vannerie à cinq francs de l'heure, ça fait un peu réfléchir, surtout pour un meurtre rapide et sans bavures, dont on ne tire aucun plaisir sur le moment, vu, surtout, que je n'étais pas à ses côtés pour le voir mourir. Il faut dire que c'était bien pensé, et, en mettant tout à plat, je mettais bien dans la balance que personne ne saurait jamais comment je l'avais eu.

C'est plutôt une sorte d'investissement, c'est comme cela que je voyais la chose. Oui, c'est cela, une sorte d'investissement, avec des risques, comme toujours, des risques presque financiers ; en tous les cas, un coût, un coût moral et social, psychologique, peut-être.

*

Trois ou quatre jours, au self, plateau contre plateau, pendant qu'on discute à mort sur les vertus comparées de Linux et de Solaris, des PC pentium bi-processeurs et de la station Sun Ultra Sparc. Trois ou quatre jours de réflexion, les yeux perdus dans les nuages. Quand les autres partent dans le hardware et le software, dans le ouèbe et l'hypertexte moi, je pense dans ma tête, dans mon hypertête : « Est-ce que je vais le tuer, ou pas ? » De toute façon, avec ce qu'il m'avait fait, j'avais de bonnes raisons, et maintenant, maintenant qu'il était sur le point de comprendre pour les Italiens, il était temps d'agir.

Et puis merde, j'ai passé dix ans de ma vie à traquer des neutrinos, dans des difficultés techniques épouvantables. Ces particules fantomatiques, insaisissables, j'avais fini par en attraper une centaine, sur les mille milliards de milliards de milliards de milliards qui étaient passées dans mon détecteur. Avec une section efficace de 10^{-45}, ils pouvaient traverser des années-lumière de plomb sans se rendre compte de rien, et moi, moi contre tous, j'avais réussi à en arrêter quelques-uns dans mon détecteur, dans ce petit bijou que j'avais conçu de A à Z ; enfin, bon, soyons honnête, disons plutôt de G ou H à Z, car c'est quand même von Krutz qui avait inventé le concept. Mais merde ! C'était moi qui m'étais tapé tout le travail de réalisation, de construction, de mise au point. Lui, il n'avait fait que trouver le financement. Mettre une cravate pour aller tirer la manche du directeur du CNRS, du président de la Commission Européenne, du ministre de la Recherche et de la Technologie, ça oui, il savait faire. Les grands principes, les grandes idées, pour ça oui, il savait briller, il savait faire son boniment aux autorités, mais heureusement qu'il y en avait un derrière pour reprendre les calculs, sinon ça aurait foiré, ça aurait complètement foiré ; il n'était même pas foutu de calculer le processus de désintégration du chlore sans se gourer d'un facteur dix, je l'ai bien vu, cela s'est passé sous mes yeux, il m'a regardé d'un air merdeux corriger son calcul. D'un air merdeux, hein, ce prix Nobel.

Sans moi, il n'aurait jamais eu le Nobel, jamais, jamais, et même plutôt trois fois jamais, ha ! ha ! Alors, hein, quand on a chié comme ça pour mettre au point le plus beau détecteur du monde, qu'est-ce que c'est un petit meurtre, un bête petit meurtre de rien du tout qui ne vaut pas les petits neutrinos que je pêche tous les jours dans ma grande lessiveuse ?

Michel-Ange

Pour entrer au siège du CNRS, il y a des tourniquets genre RATP, et des préposés en blazer bleu
marine uniforme qui ont l'air de contrôleurs de
métro. Il y a une ou deux minettes un peu plus
sexy, un peu trop sexy, d'ailleurs, pour l'image
qu'on se fait du CNRS : les vieux chercheurs
ringards et les Marie Curie hommasses qui pen-
chent un œil triste sur le fond d'une éprouvette où
rien ne semble s'être passé, sauf pour eux, qui
voient justement ce que nous autres ne voyons pas,
mais bon, c'est parce qu'on est des nuls, probablement.

En tout cas, c'est ce que pense Blanchot en fran-
chissant le tourniquet, qui lui rend avec vivacité le
carton pour son badge, estampillé CNRS. Étonné
de ne voir nulle part alambics et cornues, il met un
certain temps à comprendre qu'il est au siège administratif, et que les laboratoires sont ailleurs. Ici,
c'est la bureaucratie, la paperasse, le « pilotage par

le haut » et c'est bien pour cela que l'immeuble est si grand, le hall d'accueil si moderne, la statue (était-ce vraiment une statue, on aurait dit un grumeau géant ?) si laide dans l'entrée, et les minettes en talons hauts si bien roulées. Et en effet, lorsque tout à l'heure nous prendrons l'avion pour Corte, et suivrons Blanchot au Centre d'Études Nucléaires de Haute-Corse, que nous descendrons avec lui vers la base, là où se fait vraiment la recherche, nous verrons que le garde à l'entrée a plutôt la cinquantaine poivrote, que le col de sa chemise est gras et que les bonnes femmes à l'accueil ont de gros mollets et des baleines de soutien-gorge en inox.

*

Ce rendez-vous, Blanchot ne l'a pas souhaité, c'est une convocation en fait, plus qu'un rendez-vous, et le patron de la Crime lui a bien dit : « Obligation de service mon vieux, c'est le ministre qui le veut. »

— Le ministre, lequel ? avait-il osé.

— Mais les deux, les trois, les dix ! Qu'est-ce que vous croyez ! Un prix Nobel qui se fait buter, c'est pas courant, et vu le peu qu'on en a, y a même pas de quoi fournir un serial killer. Il vaudrait mieux pas qu'on les perde en route, des fois qu'ils pourraient encore servir. Il paraît qu'on a parlé de cela douze minutes au Conseil des ministres. Douze minutes, montre en main ! Vous vous rendez compte ! Même Mesrine n'avait pas fait autant. Quel score ! Le Président de la République lui-même a approuvé votre nom, « Blanchot, c'est un nom qui promet, il va nous tirer cela au clair », et tout le Conseil s'est marré. C'est le Président qui l'a dit, alors, vous voyez, vous ne pouvez pas nous décevoir.

*

On a assis Blanchot quelques minutes — moins de douze — dans l'antichambre du président directeur du CNRS. D'un air distrait, Blanchot a fait connaissance avec le monde de la recherche en feuilletant le *Courrier du CNRS*, et la revue *Images de la Science*, quelques feuilles de chou truffées d'articles *pro domo* et d'éditoriaux genre « la voix de son maître » étalant le génie des chercheurs français et exaltant la grandeur de notre système de recherche. « Bon, se dit-il, comme toujours nous avons un système de recherche nationale "que le monde entier nous envie". On se demande vraiment s'il y a quelque chose dans ce pays que le monde entier ne nous envie pas. » Le quatorze juillet, à la garden-party de l'Élysée, le Président avait présenté les atouts de la France ainsi : « Nos ingénieurs, les meilleurs du monde, que le monde entier nous envie[1]. » C'est vrai que les Américains sont de vrais manches et qu'ils sont tombés sur la Lune par mégarde, en visant des pipes à la fête foraine ; quant aux Allemands et aux Japonais, on n'en parle même pas, ces gros nuls peuvent aller se rhabiller (pour ce qui est du crash du Concorde, il n'y a pas à se fouetter : c'est la faute au DC10 qui a perdu une pièce).

Au moment de la mort de Lady Diana, et de la polémique sur les soins qu'on lui avait prodigués (aurait-on pu la sauver ?), on avait entendu le ministre déclarer que nous avions le meilleur système médical du monde — « le monde entier nous l'envie ». Bizarrement, les soins prodigués à Dodi n'avaient pas fait l'objet de controverses — c'est humain — et puis, il était réduit en bouillie, on n'aurait même pas su lui prendre sa tension.

« Que le monde entier nous envie » est une locution qui n'existe que dans la langue française, allez savoir pourquoi. On a bien une première hypothèse : c'est que seule la France fait envie au monde entier ; mais on en a une seconde qu'on ose à peine évoquer. Et c'est tant mieux si à cet instant même la porte de l'antichambre s'ouvre, et une jeune assistante de direction à douze mille francs par mois et sans treizième vient tirer Blanchot de

1. Authentique.

sa rêverie, cela nous évitera de dire ce qu'on pense mais bon, on peut aller tout seul au bout de l'idée.

— Monsieur le Président va vous recevoir.

— Entrez, entrez ! fait une voix de loin, cachée derrière un grand bureau en mérenti. Asseyez-vous, je vous en prie, mettez-vous à l'aise.

Blanchot a pris un siège et laissé parler son interlocuteur, à qui il n'avait pas grand-chose à dire, et puis de toute façon, l'autre était assez bavard. Après quelques minutes de soliloque, Blanchot avait pensé : « Oh là là, qu'est-ce qu'il doit se faire chier dans sa tour d'ivoire, bon, laissons-le parler, on dirait que ça le soulage. »

— C'est vous le flic ?

« Ben oui, c'est moi, eh grosse tache, est-ce que j'ai une tête de plombier ? », pensa Blanchot, obséquieux par-devant, mais irrévérencieux par-derrière — petites hypocrisies sans conséquence dont la vie est truffée.

— Bon, le ministre a souhaité que je vous rencontre pour vous expliquer deux trois choses.

« Vas-y Marcel, explique. »

— Écoutez... par où commencer ? Bon, vous savez, le monde de la recherche scientifique est un peu, euh, comment dire, particulier. Les chercheurs

— j'ai moi-même été longtemps chercheur de base —...

« Et je regrette ce temps béni. »

... sont des gens, comment dire, euh, des gens normaux mais pas comme les autres. Je ne sais pas si vous voyez.

« C'est ça, oui, je vois très bien, des tarés comme tout le monde, peut-être, ou bien tristes comme tous les clowns, des nains géants, des aveugles paralytiques, des hommes grenouilles... »

— La recherche, vous savez, c'est difficile, cela vous confronte du matin au soir avec l'être de l'univers, avec votre propre ontologie...

« Ontario, automobile, la tête à Toto. »

... ce sont des choses difficiles à assumer, à la longue. C'est une activité prodigieusement déstabilisatrice : un jour vous construisez le monde et un jour vous le détruisez. Regardez le nucléaire, c'est l'ange et la bête, mais sous vos yeux à tout instant, sans répit. Pas une seconde pour éluder, souffler un peu. Le cœur même de cette activité, c'est la remise en question. Ce n'est pas à la portée de tout le monde. En général, on préfère la pêche aux certitudes, ou bien, au mieux, au doute raisonnable. La recherche scientifique, c'est le doute sans raison, toujours, partout. C'est la remise en question sempiternelle, c'est affronter l'irrationnel : pourquoi le monde existe, pourquoi la vitesse de la lumière, l'espace-temps, tout ça, et des choses simples aussi.

Il y a des gens qui ne peuvent plus dormir s'ils ne comprennent pas pourquoi il faut pédaler pour que la bicyclette reste en équilibre, pourquoi il y a des éclairs dans le ciel les jours d'orage, pourquoi le ciel est noir la nuit. Ça fait beaucoup de questions, et l'on sait bien qu'on n'aura de réponse qu'au millième d'entre elles, et je suis large. Combien de nuits blanches, de nuits d'épreuves, de joies et de chagrins pour les quelques certitudes d'aujourd'hui ?

Il y a beaucoup de chercheurs qui finissent à la trappe, savez-vous ? Et beaucoup aussi qui ont des troubles psychologiques, mais ce n'est pas pour autant qu'ils sont de mauvais chercheurs. Parfois même, les plus, comment dire, instables, sont les meilleurs chercheurs.

— Vous ne voulez pas dire qu'un assassin peut être un excellent chercheur ?

— Non, ce n'est pas ce que je voulais dire, je parlais juste pour faire un tableau rapide, à gros traits, mais après tout, si vous posez la question ainsi, oui, pourquoi pas, cette affaire nous privera peut-être d'un excellent élément, allez savoir. En tout cas, il y a mis assez de cœur pour ne pas se laisser prendre. Qu'est-ce que vous en pensez, en tant que flic, de ce meurtre, c'est de la belle ouvrage, non ?

— En tant que flic, je ne sais pas trop ce que j'en pense, mais je vois ce que vous en pensez en tant que scientifique... n'allez pas l'ébruiter, vous risqueriez d'avoir de grosses pertes, osa Blanchot qui trouvait la dernière sortie du président du CNRS un peu désinvolte.

— Ah, ah, vous avez raison, c'est moche, c'est très moche. Mais jusqu'où les scientifiques sont-ils capables d'aller pour être les premiers, pour empocher un prix, pour passer à la postérité ? Le temps n'est plus où l'on écrivait des articles révolutionnaires pendant les heures de repas, au bureau des patentes de Berne.

« Ma tante de Berne ? »

Vous savez, de toutes les administrations nationales, le CNRS est une de celles où il y a le plus d'« affaires » bizarres avec le personnel, d'accusations de plagiat, de querelles de promotion, de priorité, de luttes intestines ; il y a même des laboratoires où l'on trouve des chercheurs enchaînés à leur bureau et d'autres où les chercheurs dorment depuis dix ans sur leur manip pour qu'on ne vienne pas leur voler leur idée. Je reçois sans cesse des courriers électroniques m'informant que Untel est un dangereux psychopathe, que tel autre est un fraudeur, qu'un troisième devrait être mis à la retraite anticipée. Ça va loin, parfois. Si je vous donnais la liste des supposés malades mentaux de nos laboratoires, vous auriez assez de suspects pour cinq ans. Et dans cette liste, il y a des chercheurs très reconnus, des sommités, des... des... des Himalaya de la recherche.

C'est difficile, une idée, je veux dire, une bonne idée. Vous voyez, moi-même, en comptant bien, j'ai dû en avoir deux, peut-être trois dans toute ma carrière, et encore, pas des idées d'un niveau planétaire, pas du niveau... tenez, puisqu'on en parle, pas du niveau de von Krutz. Je vais vous faire un aveu, l'article le plus célèbre que j'aie écrit, pour ainsi dire le seul, il a été entièrement réécrit par l'évaluateur, le *referee* de la revue scientifique. Je m'étais trompé dans le développement limité au troisième ordre. Vous vous rendez compte, il y a un gars dans la nature qui sait que mon plus grand article était faux, enfin plutôt, disons, pas complètement juste. Avec vous, cela fait deux personnes au courant maintenant. Qui sait, si je le croisais un jour et qu'il se dévoilait, si je n'aurais pas envie de m'en débarrasser dans un fossé, hein, qui sait ?

C'est pour cela qu'on a organisé ce rendez-vous. Pour que vous sachiez un peu dans quel milieu vous mettez les pieds. Il faut les traiter un peu comme des enfants. Des rêveurs, sauvages, mais rêveurs. Des rêveurs excités.

C'est notre rôle, ici, parfois, de les calmer. D'ailleurs, je vais vous faire une confidence : pourquoi m'a-t-on choisi, moi, pour occuper ce poste ? C'est parce que je suis déjà calmé, je me suis calmé tout seul, oui c'est bien cela, un physicien calmé, voilà ce que je suis, comme on dit parfois d'un maniaque sexuel ou d'un caractériel qu'il est calmé, avec une espèce de résignation, de soulagement.

« Ça vaut mieux qu'un physicien camé », pensa Blanchot.

— Voilà, je ne banderai plus, mais qu'est-ce que j'ai bandé ! Ah, ah, oui.

D'ici, je gère des cerveaux encore chauds, encore turbulents, ce n'est pas un beau métier ça, pour une fin de carrière ? Dans cette pyramide, il n'y a que de la matière grise, fragile, géniale, caractérielle, et c'est moi qui la bichonne, qui l'encadre, qui l'aide à s'épanouir... c'est autre chose que des boîtes de *corned beef*, je vous assure.

Ce matin, avant vous, j'ai reçu trois chefs d'équipe, il y en a un, il veut analyser l'atmosphère *d'*Europe ; pas l'atmosphère de *l'*Europe, figurez-vous, celle d'Europe, un satellite de Jupiter. Et pour cela, il veut un milliard de francs, pas un kopeck de moins — cent trente millions d'euros — sans compter les dépassements, et une chance sur deux que sa capsule retombe dans l'océan en faisant juste « plouf ! » ou se perde dans le vide intersidéral. Il était très convaincant. Il a presque réussi à me démontrer que le sort de l'humanité en dépendait ; l'origine de la vie, la soupe primordiale, la concurrence avec les Américains, « il faut que les Européens soient les premiers sur Europe, il y va de notre honneur »... toutes les conneries habituelles pour s'envoyer en l'air aux frais du contribuable. À un milliard, ça fait cher l'honneur, on a plus vite fait de changer le nom du satellite, appelons-le Casimir ou Babar, et ça fera rêver les enfants. Quand je pense que pour trois francs six sous il pourrait analyser l'atmosphère dans son jardin !

Le deuxième, il veut déterrer une vieille pyramide au Soudan, un vieux machin ruiné enfoui sous cinquante mètres de gravats et de scories, et dont personne n'a rien à foutre. Il lui faut cent millions ; c'est déjà plus raisonnable. Vous le voyez, gratter le désert de Nubie à la brosse à dents pendant que les Soudanais crèvent de faim tout autour ; c'est plutôt moyen non ?

Le troisième, il veut un million, pour mettre au point un nouveau type de capteur de pollution révolutionnaire, basé sur un principe entièrement nouveau. Ah ça, ça peut servir, par les temps qui courent, capter la pollution c'est une bonne idée, et puis, ça a de l'avenir parce qu'on ne risque pas de s'arrêter d'en produire. Un petit million de rien du tout, il veut, et je sais d'avance qu'il ne l'aura pas. Vous savez pourquoi ? Parce que la commission de sélection des dossiers dira : « Ça a l'air possible ; si ça peut marcher, alors il faut qu'il trouve un industriel. » Ça m'est déjà arrivé l'année dernière, la commission de sélection, dans son ensemble, m'a refusé un projet de ce type, vous allez voir, cela va se reproduire[1].

J'en ai d'autres aussi qui me font bien rager. Tenez, on m'a apporté ceci, ce matin — il tendit à Blanchot un livre à la couverture blanche —, ce sont les actes d'un colloque d'ethnologie, des disciples d'une sommité, Godel-Strauss, vous connaissez ? Je vous le donne, gardez-le ; vous pourrez le lire si cela vous amuse ; c'est instructif... assez...

Il y a des chercheurs qui ont passé dix ans en Afrique à étudier les pratiques sociales des Bamba-Bara. C'est surtout le statut de la femme qui les intéresse : vous verrez, ils vous expliquent sur cinq chapitres l'intérêt pour ces cultures de faire dépuceler la jeune vierge, la nuit précédant son mariage, par un inconnu. C'est censé éloigner le mauvais sort, ou que sais-je encore. Il y a des ethnologues qui vous pondent des articles de cent pages sans jamais évoquer la souffrance de la jeune femme, le caractère violent de ce qu'il faut bien appeler un viol. Si ça se trouve, derrière toutes ces pratiques, dites religieuses ou chamaniques ou simplement culturelles, se cache un vrai problème, terrible et sournois qui couve depuis des siècles : le traumatisme de la moitié de la population, systématiquement et méthodiquement violée de mère en fille.

1. La chose ne s'est pas reproduite : le physicien en question a eu 400 000 francs pour creuser son idée. (N.d.A.)

Mais ça, cela ne leur vient pas à l'esprit. C'est que c'est très structuré, l'analyse ethnologique, ce qui compte, c'est la valeur de la femme, le rôle de monnaie d'échange, etc., dans une vision assez, hum !, universitaire, du champ social. Elle a bon dos, la culture des Bamba-Bara, lorsqu'on analyse ce genre de situations sans prendre de recul. Des conneries tout ça.

Enfin, ne nous plaignons pas, il y a quelques projets très fous dans ce qu'on m'envoie, avec un peu de chance, on verra surgir des révolutions.

— La matière grise, vous ne croyez pas que c'est un mélange de blanc et de noir, plutôt ?

— Très bien, très bien, bravo, comme c'est bien dit. Mais oui, vous avez sûrement raison. Du blanc et du noir, et surtout du noir, là alors. Vous nous direz cela, Blanchot, je suis sûr que c'est une belle affaire, vous verrez les scientifiques vous étonneront.

Drjezilsky passa ensuite à des généralités sur l'intelligence, supérieure à la moyenne semblait-il, des scientifiques, puis modéra la chose en précisant qu'à force de se prendre pour le « cube de son cologarithme » (expression que Blanchot ne comprit pas, mais qui semblait bien amuser le président directeur du CNRS), on finissait par faire des choses très bêtes. À ce stade, le président directeur du CNRS commença à disserter sur les rapports étroits entre la bêtise et l'intelligence, qui amenè-

rent Blanchot à faire des mouvements d'acquiesce-
ment du menton, à quelques reprises, lorsqu'il es-
tima le moment propice. Ces branlements de chef
de pure convenance étaient parfaitement inutiles :
Drjezilsky s'écoutait parler, sans le moindre intérêt
pour l'effet qu'il pouvait produire sur son interlocuteur.

Ensuite, par un glissement qui d'abord échappa
à Blanchot, avant qu'il ne parvînt à raccrocher les
wagons, il se retrouva à parler de Boris Vian. La
conversation devenait littéraire, presque, et Blanchot, à moitié assoupi, avait l'impression d'une
espèce de ronronnement, comme les rires ou les
applaudissements enregistrés d'une émission de
variétés, qu'on écoute sans réellement les entendre, et réciproquement. Il fut question à un moment d'un certain Jean Polent, qui aurait refusé un
manuscrit de Boris Vian, lequel Boris Vian aurait
ridiculisé ledit Jean Polent dans un autre de ses
livres, en écrivant à son propos : « Il existe un point
où une extrême intelligence rejoint la connerie. »
Qui était ce Jean Polent ? Blanchot se le demandait bien — Boris Vian, oui, cela lui disait quelque
chose, ça devait être le gars qui chantait *Le Dé-
serteur*.

Quelques minutes plus tard, en repassant son
ticket dans le tourniquet, Blanchot sortit d'un
grand bâillement en pensant : « Il a commencé par

"C'est vous le flic", et m'a dit "Adieu Blanchot" pour finir », ce qui ne voulait probablement rien dire, mais son cerveau embrumé lui fit trouver cette pensée très profonde. Il était vraiment temps d'une bonne bière au *Canon d'Auteuil*.

Le tango corse

Pour la durée de l'enquête on a fourni à Blanchot et Normarsky un badge permettant de franchir les postes de contrôle. Il y a écrit dessus, en lettres noires, « INVITÉ ». Ça ne leur plaît pas trop, mais personne n'a prévu de badges marqués « POLICE », alors évidemment, on a paré au plus pressé. Pour les repas, aussi, ils doivent manger au self, et on les repère de loin, mais ici, à mille milles de toute brasserie, il faut bien qu'ils mangent là. Ils s'assoient l'un en face de l'autre, et se parlent à voix basse. Ceux qui sont au courant — non pas pour von Krutz, ça tout le monde sait, bien entendu, mais que ces deux-là sont chargés de l'enquête — tendent l'oreille, en espérant surprendre quelques détails ou secrets de l'enquête en cours, mais ils seraient davantage et réellement surpris en entendant les sujets de conversation des deux policiers, parfaitement débiles il va sans dire (les sujets de conversation ; pour ce qui est des deux flics, il serait bien imprudent de les considérer comme débiles et l'avenir, d'ailleurs, nous permettra d'en juger).

Dans la queue du self, Nomarsky s'est plaint abondamment :

— Je ne sais pas ce que j'ai, putain, je sue, depuis que je suis arrivé, je sue, la nuit aussi... comme un bœuf ; tu ne transpires pas la nuit, toi ?

— Non, ça va, pourquoi ?

— Ça m'inquiète un peu, mon père était diabétique, il suait comme ça, parfois. Mon matelas était trempé ; ça m'inquiète. Ça pourrait être la chaleur, tu crois ?

Pendant l'entrée, ils ont parlé de leur loto hebdomadaire qu'ils font d'habitude avec tous leurs collègues et qu'ils feront à deux cette semaine-ci ; pendant le plat de résistance il fut question des enfants de Blanchot restés à Paris avec leur mère (précisons que Blanchot est divorcé), qu'on essaiera d'appeler ce soir, de l'hôtel ; et, pendant le dessert, on évoqua la carte de France, qui montre toujours la Corse vraiment tout près des côtes françaises, alors qu'en fait :

— T'as vu comme c'est loin en réalité.

— Ouais, vachement loin.

— Vachement, ouais.

On voit le genre.

Au café, Nomarsky raconta qu'un de ses copains

avait fait l'amour dans les chiottes de l'Eurostar, pendant que le train roulait dans le tunnel sous la Manche. Sa copine en avait fait un fantasme, et ils avaient pu faire ça pour environ trois mille balles. Ils en avaient profité pour visiter Londres, et pour remettre ça au retour.

*

Après le café, et les conversations vagabondes, nous revenons tous au Centre d'Études Nucléaires de Corte, en Haute-Corse.

On sait bien comment on a atterri là, pourquoi le CENC a été construit en pleine garrigue. Il y a deux raisons à cela. D'abord, les études qui y sont menées n'ont aucun intérêt, c'est-à-dire aucun intérêt autre que scientifique, ou pour être encore plus précis — on n'ose dire *honnête* —, aucun intérêt autre que celui que veulent bien lui trouver les chercheurs « enfants, mais sauvages » qui y travaillent. Ce fut difficile de convaincre les autorités de financer la construction du Centre, alors évidemment, on a avancé l'argument habituel, celui des « retombées économiques », l'« aménagement du territoire ». Rien de mieux pour qu'un imbécile ait l'idée de demander la construction de ce Centre en Corse, car, évidemment, si la région doit profiter des retombées économiques, quoi de plus déshérité que la Corse ?

Et bonjour les déplacements en avion des cher-cheurs qui font la navette jusqu'à Corte pour con-duire leurs expériences, ce sont les premiers em-merdés, sans parler des employés mutés d'office, des familles de fonctionnaires éclatées (on compte vingt-sept divorces et douze couples en instance), des gardes, des services secrets, des renseignements généraux, de tout le matériel high-tech qu'on a dû faire venir du continent sur des barges spéciale-ment aménagées. Tout cela aurait coûté moins cher en région parisienne ou grenobloise, mais bon, il y a eu des technocrates pour penser que, réellement, cela irriguerait le tissu économique que d'implan-ter là des expériences de physique des particules.

On sait que les Américains, quelques années au-paravant, avaient annulé la construction du Super Conductor Collider, qui devait en principe être construit au Texas. Au moment du débat budgé-taire, les physiciens français avaient réussi à impo-ser la construction du CENC en faisant dire à l'As-semblée nationale, par un député de droite, le jour où les caméras de France 3 y étaient présentes : « Monsieur le Ministre, vous êtes dans le tunnel, et la Corse sera votre Texas. » Le ministre de la Re-cherche n'avait pas voulu paraître se dégonfler, et le projet fut adopté. Un mouvement de manche as-sez vif avait accompagné l'approbation finale du projet, qui se terminait par : « Non, monsieur le Député, la Corse ne sera pas notre Texas ! » On ne sait vraiment pas ce que cela voulait dire, pour qui la comparaison était désobligeante, et s'il eût mieux valu que l'on ne construisît pas le CENC, ou bien qu'on le construisît ailleurs. Mais bon, les arguments étaient devenus franchement irrationnels. Il est probable que le Texas ne jouit pas d'une réputation très flatteuse dans la population, et que, s'il eût convenu qu'on ne construisît pas le CENC (et là, la Corse eût été le Texas français), si l'on en restait à un propos péjoratif sur la Corse, il valait mieux construire le centre pour donner l'impression d'aimer cette région. Tout cela est un peu compliqué, et les mesures prises après l'assassinat du préfet Érignac y furent aussi, et indirectement, pour quelque chose.

À vrai dire, s'il est réellement besoin de sortir la Corse et les Corses de leur merde, un grand centre d'expériences scientifiques n'est pas une mauvaise chose. Il faut seulement en assumer toutes les conséquences.

L'autre raison de la construction du CEN à Corte est un peu plus secrète, presque inavouable, et d'ailleurs, elle n'est pas encore à l'ordre du jour. Car si, pour l'instant, on fait au CEN de Corte des expériences de physique fondamentale, des esprits prévoyants ont réfléchi que, après tout, une fois qu'on aurait les terrains, et qu'on aurait construit les tunnels pour abriter les détecteurs, on pourrait toujours reconvertir le site en stockage de déchets radioactifs. Un plaisantin avait même suggéré : « Il suffit de les enfouir rapidement, un jour, en douce. Le temps que les Corses les remontent, ils ne seront plus radioactifs, il n'y aura plus de danger. » Quelques énarques et ingénieurs des Mines qui assistaient à la réunion avaient bien ri de cette sortie, seul le Préfet avait un peu froncé les sourcils.

C'est donc là que le meurtre a eu lieu. C'est là qu'évolue un assassin sûr de lui. Le centre est creusé dans la roche, à cent vingt mètres de profondeur. L'épaisseur de roche protège les expériences des rayons cosmiques. Seuls les neutrinos parviennent jusque-là, et c'est précisément eux qu'étudiait von Krutz. De grandes cavités, dans lesquelles on logerait facilement des immeubles de cinq ou six étages, accueillent le matériel des diverses expériences des détecteurs, des chambres à fil, des aimants supra-conducteurs. Ce n'est pas comme au CERN, où l'on fait la chasse aux bosons, plutôt qu'aux neutrinos, il n'y a pas d'anneau de collision. Tout est « linéaire ».

Le clou du centre, c'est l'expérience de von Krutz : des grandes cuves alignées deux par deux avec une espèce de taille de guêpe pour les séparer. Les cuves ressemblent un peu à des haltères. Deux grandes boules de fer blanc, reliées par un mince tuyau. On s'attendrait à voir Gargantua passer une main dans la grotte, saisir le tube central et commencer ses exercices.

Bon, là, plutôt que de parler de Gargantua, ce qui, franchement, n'a rien à voir, et d'ailleurs on flaire l'esquive, il faudrait expliquer comment ça fonctionne. C'est le genre de détail dont on aura besoin un peu plus tard, à commencer par Blanchot et Nomarsky, qui devront bien se taper un cours de théorie des champs avant de débusquer le coupable. Alors en gros : les cuves sont remplies d'un liquide sensible au passage des neutrinos. Lorsqu'un neutrino frappe un atome de chlore, il se transforme en brome. Si l'on a suivi jusque-là, on a la moyenne, c'est largement suffisant, et l'on peut tourner la page : l'auteur lui-même nous y autorise, et d'ailleurs, on se passera bien de son autorisation.

Si l'on veut être plus précis, et mériter une mention, on notera que le procédé utilise un spectromètre, mais cela a assez peu d'importance. L'essentiel pour cette histoire, et qu'il convient de retenir, est que, pour détecter les neutrinos, il faut faire passer le contenu des cuves d'une cuve dans l'autre. Tout cela est bien compliqué. Imaginez la tête du pauvre flic de service, chargé de cette encombrante mission.

Arrivé devant l'ascenseur, avec le directeur du centre, Blanchot a remarqué qu'il n'y avait que trois boutons : 0, —1 et un bouton rouge d'appel. Le « — 1 » correspond au sous-sol où se font les expériences, 120 mètres plus bas ; une fois et demie la

tour Montparnasse. *Gros-bouton-rouge, 0, —1*,
c'est à peu près tout ce que Blanchot peut comprendre de ces installations où se pratique la physique des particules : c'est dire si l'assassin a quelques longueurs d'avance.

En attendant, pendant qu'on lit et relit « 0, —1 »,
on reste cinq minutes dans l'ascenseur qui descend
à toute blinde, comme les plongeurs en apnée dans
leur gueuse. La comparaison s'impose d'elle-même
quand Blanchot aperçoit sur le mur un triangle
jaune figurant un cadavre avec en lettres capitales
« DANGER D'ASPHYXIE ». Il n'a pas le temps de dé-
chiffrer, en plus petits caractères, « Défense de
convoyer des fluides cryogéniques » qu'il étouffe
déjà (il faut préciser que Maurice Blanchot est
légèrement hypocondriaque).

Arrivé en bas, l'ascenseur s'ouvre sur un vaste
hall, dans lequel trône une vitrine cubique ; dans
cette vitrine, un petit piédestal supporte une boule
métallique, mais d'un métal légèrement rosé, couleur chair. C'est une boule de plutonium. Sur la vitrine, un écriteau indique « On peut toucher ». Effectivement, on peut toucher la vitre, et si on met la
main dessus, on sent qu'elle est chaude, car chauf-
fée de l'intérieur par le bombardement incessant
des particules alpha émises par la petite boule de
plutonium. C'est l'énergie nucléaire en direct. La
vitre est assez épaisse pour arrêter tous les rayons,
et il n'y a pas de danger pour la santé, en principe,

du moins on l'espère. Le plutonium émet des rayons peu pénétrants, à ce qu'on dit, les statistiques de cancers de la main des visiteurs du CENC nous le confirmeront (ou pas) dans une trentaine d'années.

Après ce petit intermède éducatif ou ludique, c'est comme on veut, on poursuit la visite de la caverne d'Ali von Baba, comme la surnomment les physiciens : des alignements d'ordinateurs fournis par une compagnie moderne, International Business Machines, et de ventilateurs fournis par une compagnie antique, La Conglomérale des Mines et Potasses de Douai, qui fabrique des ventilateurs pour les mines de charbon, et chez qui on s'est équipé pour la ventilation de la caverne. Il faut bien que les chercheurs respirent. Les analyses de l'air, dans la grotte, ne sont pas fameuses : une poussière fine tend à se détacher des parois et à tout envahir, y compris les plèvres des physiciens, ce qui n'est tout de même pas souhaitable.

Autour de la grotte d'Ali von Baba, il y a des salles pour tous usages, dont celle où von Krutz fut retrouvé mort. Le temps des premières constatations est passé depuis belle lurette, mais les scellés sont toujours là, et Blanchot n'est pas habilité, à cet instant, à les briser. Il jette donc un œil par la vitre dans une salle de chimie, et qu'y voit-il ? Une hotte, une paillasse en céramique, des mégarouleaux de Sopalin, tellement méga qu'ils ne sont probablement pas produits par Sopalin (mais le nom est resté) et des bouteilles variées qui reposent sur des étagères, certaines à l'extérieur de la hotte, les autres à l'intérieur, sous la hotte.

Ce récit s'intitule *La Hotte*. Autant dire que cette salle de chimie joue un rôle très important dans l'histoire et particulièrement sa hotte, autant dire dans le même temps qu'il est vraiment dommage qu'à cette minute Blanchot n'ait pas l'autorisation d'y pénétrer et de regarder de plus près la situation des lieux. Il distingue bien au sol le sparadrap rouge qui dessine le contour d'un homme recroquevillé — c'est tout ce qui reste de von Krutz au CENC — mais il y aura davantage à étudier lorsqu'il aura enfin trouvé l'assassin. On ne peut pas garantir qu'en cherchant maintenant il trouverait des pièces à conviction qui auraient échappé à ses collègues de la police corse, mais enfin, avec un peu de perspicacité, et sans rien trouver de vraiment nouveau, il aurait pu comprendre quelque chose. Ce quelque chose, il ne le comprendra que bien plus tard, et encore : pas tout seul.

Von Krutz a donc été retrouvé mort couché devant une hotte, empoisonné à l'acide fluorhydrique. Tout le système d'extraction des vapeurs était en parfait état de marche, il avait lui-même pris toutes les mesures de sécurité nécessaires et sa mort, devant la pièce du détecteur qu'il était en train de nettoyer, est parfaitement inexplicable.

« C'est de la belle ouvrage », voilà ce qu'avait dit le président du CNRS, et effectivement, il y a du *Mystère de la chambre jaune* dans ce crime.

Les neutrinos

Dans le bureau du chercheur, il y a une photo de Gandhi, et une autre de Frank Zappa. Curieux mélange, se dit Blanchot, en regardant de loin les deux portraits et se demandant dans le même temps : « Qui c'est ce moine tibétain avec son burnous et ses petites lunettes à la John Lennon ? » C'est que, bon, l'épreuve de culture générale n'a pas un gros coefficient pour le recrutement des officiers de police judiciaire. Gandhi, Krishna, le Dalaï-Lama, c'est un peu la même chose. « Tout de même, se félicite Blanchot, le moustachu, là, je le reconnais, c'est Mark Knopfler. »

Dans ce même bureau, un jeune chercheur tabasse un clavier d'ordinateur en poussant des cris rauques du genre : « Bordel de merde, qui c'est qui a conçu ces programmes à la con, j'ai même plus le curseur ! J'espère qu'ils sont mal payés au moins, les programmeurs qui ont pondu cette merde. » Devant sa machine, il a l'air d'un petit cochon, à la fois parce qu'il crie et s'agite comme un goret, et parce qu'il a le nez plat sur le devant, retroussé, et des narines écartées de part et d'autre, un peu trop.

Il fouine sur le clavier en reniflant bruyamment, et ce n'est pas un moment très agréable pour se rendre compte qu'il y a un policier en duffel-coat et pantalon de flanelle debout dans l'entrebâillement de la porte et qui ose à peine frapper dessus, ce qui est un comble tout de même, pour un officier de police habitué à des interrogatoires musclés. Mais enfin, le monde de la recherche scientifique est presque sans foi ni loi, exclu par une sorte de hauteur sacrée de l'univers normal, et même un policier aguerri se sent mal à l'aise dans des couloirs où, au-dessus de chaque porte ou presque, clignote une lampe rouge et un message « Danger. Ne pas pénétrer ». Sur les mêmes portes, mais écrit au feutre d'une écriture moins flashante on lit « Fachada la entrada » et « Ne pas faire le ménage ». Il y a même un rond rouge qui entoure un seau et un balai barrés d'une croix : pas de ménage dans ces pièces d'expérimentation ; le message en portugais s'adresse aux femmes de ménage qui, évidemment, sont toutes lusophones. Et dire que, lorsque l'on raconte qu'aux États-Unis les messages dans les bureaux sont parfois en espagnol, car les Portoricains et les Mexicains ne parlent pas anglais, il y a des gens pour ricaner sur le dos des Américains WASP.

La porte du bureau que Blanchot s'apprête à franchir se trouve en face d'un appareillage complexe évoquant vaguement les submersibles de la Comex, ou bien une maquette du Nautilus filmée en très gros plan dans une version bien ringarde des *Vingt mille lieues sous les mers*. Évidemment, ce ne sont pas des comparaisons bien originales et, s'il fallait à tout prix ramener les images à des choses présentes, modernes, on dirait : cela a tout d'une poubelle à verre, dodécaèdre approximatif, ouvert de plusieurs ronds borgnes à travers lesquels une certaine prudence commande de ne pas regarder. Et l'officier de police qui préfère frapper à la porte d'en face, après avoir vu la chose, se dit qu'après tout, oui, des gens capables de passer toutes leurs journées à monter et démonter des chaudrons en fer blanc avec des hublots violets ne doivent pas être tout à fait normaux. (Ici l'auteur lève le doigt, demande la parole et confirme.)

*

Mais revenons au zèbre qui fait des bonds sur son ordinateur en disant cette fois :

— Ah pardon, entrez, entrez, excusez-moi, l'habitude. Vous êtes de la police ? demande le jeune chercheur en pivotant sur son fauteuil. Vous avez des merdes comme ça aussi dans la police ? Au CNRS, on n'est pas gâtés, je vous jure.

— Blanchot, inspecteur Blanchot, nous on a des
« Goupil ».

— Des quoi ?

— Des « Goupil », ça s'appelle.

— Ouh là ! Des « Goupil » ? La marque française qui a fait faillite il y a dix ans ? Vous avez
toute ma sympathie... et on imprime comment sur
des Goupil, avec des fontes en plomb ? Euh, pardon, désolé, je ne devrais pas plaisanter, asseyez-
vous, prenez un siège. Ah non, pas là : la chaise est
cassée, prenez plutôt la mienne.

« C'est drôle, pense Blanchot, je devrais être en
train de le cuisiner, et je me retrouve à répondre à
ses questions, à aller d'une chaise à un fauteuil,
comme un collégien qui vient d'entrer dans le bureau du censeur. »

— Bon, c'est vous qui écrivez des romans policiers ?

— Ah, je suis suspect.

— Mais non (« Bougre d'andouille », pense
Blanchot), vous n'êtes pas suspect, je vous demande seulement si c'est bien vous qui écrivez des
romans policiers, le directeur du centre m'a dit
qu'il y avait quelqu'un ici qui écrivait des romans
policiers, ce n'est pas vous ?

— Oui, enfin pas « des » romans, deux seulement, pour l'instant. J'en ai un troisième en route,
une histoire d'ébéniste qu'on retrouve empalé dans
sa boutique... euh... Alors je ne suis pas suspect ?

— Mais non, enfin, pas plus que les autres, que les trente-sept autres.

— Vous ne comptez pas les techniciens ?

— Je devrais selon vous ?

— Je ne sais pas, ils ne sont pas plus bêtes que les autres, ils peuvent bien avoir assez d'imagination pour tuer quelqu'un, eux aussi, ce n'est pas réservé à l'élite, vous savez, le crime.

— Mais l'imagination c'est plutôt votre rayon, non ?

— Bon... je suis suspect.

— Écoutez, si vous pouviez répondre autre chose à mes questions, ça avancerait un peu mon enquête. Tenez, si cela vous fait vraiment plaisir, je vous déclare suspect, je vous fais même une confidence, vous êtes le plus suspect de tous, d'ailleurs, depuis l'instant où j'ai franchi le seuil de votre bureau, je me retiens pour ne pas vous arrêter. Ça va comme ça ? Bon, maintenant répondez à mes questions. D'abord, est-ce que la recherche en physique ça ressemble à des enquêtes policières ?

— Et comment voulez-vous que je le sache, hein ? Ah vraiment, ça fait cent fois qu'on me pose la même question. Je ne suis pas flic, vous savez, j'écris des romans policiers, des *romans*. J'en sais rien moi, comment c'est réellement, la police. Si vous me demandiez : « Est ce que la recherche en physique, c'est du roman ? », là oui, d'accord, j'aurais des *inputs*, je saurais un peu quoi vous répondre ; mais vous savez, mes flics à moi, mes enquêtes, c'est tout inventé, il n'y a rien de vrai. Tenez, si je vous racontais mon histoire d'ébéniste qu'on retrouve empalé sur une quille de bois, à mon avis, cela vous ferait hurler de rire.

Un peu désarçonné, Blanchot se renfrogna en maugréant :

— Mais, j'en ris déjà.

En se levant le matin, pour venir commencer son enquête au Centre d'Études Nucléaires de Corte, il savait par avance qu'il aurait affaire à des phénix, même à des *super phénix*, s'était-il dit en passant gaiement sa cravate, mais là, de se faire à ce point traiter de con, il n'appréciait pas tellement, d'autant que le physicien « nucléaire » continuait sur le même ton :

— Ah vraiment, depuis que j'ai écrit ça, c'est toujours la même rengaine : « Gna gna gna, une bonne enquête, une belle affaire gna gna gna, c'est comme un bon sujet de thèse, une belle expérience, y a des indices, des impasses, des moments de doute. »

— Bon, écoutez, arrêtez un peu, il y a un mort quand même ; vos états d'âme n'ont pas d'importance, mais si vous n'êtes pas un peu plus aimable je vais vous montrer jusqu'où on peut aller avec un témoin, même pas suspect.

Loïc Zweistein se tut d'un coup et, plutôt que de

dire la première chose qui lui était passée par la tête : « Ah ben oui, tiens, ça m'intéresse, je trouverai toujours une occasion de le replacer », il murmura sur un ton penaud : « Excusez-moi encore, vous voyez, je vous l'avais bien dit, je n'ai pas trop l'habitude de la police, de la vraie. »

Blanchot se demandait s'il parviendrait à tirer la moindre information de ce gugusse et enchaîna.

— Vous travailliez avec von Krutz, non, c'était quoi ses recherches ?

Blanchot est un policier qui a la réputation d'avoir beaucoup d'intuition. À la seconde où il prononçait ces paroles, il crut deviner, dans le regard effaré de Loïc Zweistein quelque chose comme : « Mais mon pauvre débile, comment voulez-vous que je vous explique sur quoi portaient les recherches de ce génie de von Krutz, avec les piconeurones que vous avez vous me faites l'effet d'une forme de vie arrêtée au Précambrien, et von Krutz, ce Dieu, revenait de Stockholm avec son Nobel sous le bras, alors, vous pensez... » Et on peut dire que, effectivement, Blanchot ne manque pas d'intuition, car la phrase exacte prononcée par Loïc Zweistein est très précisément :

— Mais écoutez, heu, comment voulez-vous que je vous explique, enfin... c'est-à-dire, c'est très... enfin — un peu — compliqué, oui, hum, compliqué, quoi. Et puis, von Krutz, ce n'était pas n'importe qui, si vous voyez ce que je veux dire...

« Bon, cette fois je l'arrête », pensa Blanchot, avant de se remémorer quelques moments de sa conversation avec le président du CNRS. « Le propre des scientifiques est de se croire très intelligents... ils prévoient, prévoient, prévoient tout... », « le monde est dans leur tête... » puis, citant Boris Vian (à propos de Jean Paulhan), « ... ce point où une extrême intelligence rejoint la connerie ». L'extrême intelligence, en effet, venait de frapper tête baissée dans la plus compacte connerie, et Blanchot, quoique vexé, ne put s'empêcher de penser que le jeune chercheur manquait de savoir-vivre, et plus : de finesse.

Histoire d'un ébéniste dépressif

Vers dix heures du matin, il fut dix heures moins cinq à la montre de Blanchot, et le téléphone sonna sur son bureau. Blanchot n'avait que le bras à tendre, mais au même moment il avait les mains prises dans une boîte de débris de marrons glacés qu'on avait visiblement mis en boîte avant qu'ils ne fussent bien secs. C'est donc entre l'auriculaire et le pouce, même pas le pouce d'ailleurs, mais le gros muscle rebondi qu'on a dessous et qu'un anatomiste saurait vous nommer sans hésitation, que Blanchot réussit à saisir le combiné. Le poids en était assez lourd pour qu'à tout moment il risquât de lui échapper des mains, et c'est donc dans une envie pressante que la conversation fût la plus courte possible qu'il fit « Allô ? ». Au même instant, les doigts, qu'il évitait par tous les moyens de poser sur le combiné, vinrent tartiner ses tempes d'une mélasse blanchâtre qui allait lui engluer les cheveux pour le reste de la journée, se propageant peu à peu à tout son crâne en laissant de nombreuses petites touffes de cinq à dix cheveux enchevêtrés.

Au bout du fil, c'était Loïc Zweistein, qui avait une histoire assez longue à raconter, ce qui ne faisait pas du tout l'affaire de l'inspecteur.

— Je sais pourquoi von Krutz est mort, lâcha sur un ton assez fier le jeune physicien.

— Ah, fit sans intérêt apparent Blanchot, qui aurait préféré au même moment une histoire de moindre importance. Bon, vous pensez vraiment que... ?

— Oui, oui, j'en suis sûr.

— C'est donc assez important ?

— Ben oui, vous vouliez qu'on coopère, non ?

Avec un scoop d'une telle importance, Blanchot se devait de poursuivre la conversation, hélas pour ses marrons glacés qu'il repoussa d'un regard morne.

— Bon, alors von Krutz, qui c'est qui l'a tué ?

— Eh bien vous allez être surpris : ce n'est pas un meurtre, je vais vous épater, c'est un suicide.

« Ah v'là aut' chose » soupira Blanchot dans son for intérieur.

— Hum, vous en êtes sûr, enfin, c'est un peu à contre-courant comme idée, vous ne croyez pas ?

— Ce n'est pas une idée, écoutez, j'ai la preuve, et puis, j'ai eu une révélation en pensant à mon ébéniste, vous vous souvenez, je vous ai raconté un bout de l'histoire que je suis en train d'écrire, mon nouveau roman noir : une histoire d'ébéniste qu'on retrouve empalé sur une quille de bois, non ? Ça a tout l'air d'un crime, et personne ne pense, ni les enquêteurs ni, bien évidemment, le lecteur, que cela puisse être un suicide, c'est cela le clou de l'histoire. À la fin on découvre qu'il s'est suicidé, toute l'histoire est construite autour de cette révélation. En fait, l'ébéniste s'est suicidé. Il est monté sur la mezzanine de son atelier, et il s'est jeté de là-haut sur la quille, en écartant bien les jambes. Le gars était très déprimé, sa femme l'avait trompé, il était écrasé par les charges patronales, il avait un contrôle fiscal, sa bonne était au noir, il ne parvenait plus à joindre les deux bouts, etc. Bon, vous voyez, ça avait l'air invraisemblable, et pourtant, c'était bien un suicide, et tout le monde est tombé des nues. C'est comme ça que j'ai eu cette idée.

Et puis, j'ai commencé à dépouiller les résultats du détecteur, ceux du jour de la mort de von Krutz. Vous savez, avec toute cette affaire, on a tout laissé tomber depuis deux semaines. Bon, la machine, elle, elle continue à tourner. Le jour même de la mort de von Krutz, elle était dans une phase d'acquisition de résultats. Et alors voilà : le détecteur a trouvé trois fois plus de neutrinos que d'habitude.

Trois fois plus, vous vous rendez compte de la catastrophe ?

— Euh, non, pas très bien.

— C'est exactement le nombre prévu par la théorie faible.

— C'est peut-être parce qu'elle est faible la théorie, non ? Peut-être qu'en la renforçant un peu, on aura des neutrinos en plus ou en moins.

— Mais non (« espèce de taré » ajouta mentalement Blanchot), la théorie faible, c'est la théorie des *interactions* faibles, il y a une autre théorie pour les interactions *fortes*. Il faudrait que je vous explique. Comment dire ? Il y a les forces qui tiennent ensemble les noyaux atomiques. C'est la force forte. Et puis il y a une force qui permet à certaines particules de se désintégrer en émettant des neutrinos, c'est l'interaction faible. Bon, on a des modèles, des théories si vous voulez, et l'expérience qui a tourné juste avant la mort de von Krutz a détecté exactement le nombre de neutrinos prédits par la théorie. Vous imaginez l'horreur.

— Ah bon, à ce point ? Alors, quand on trouve ce que prévoit la théorie, en physique, il y a de quoi se jeter sur une quille en écartant les jambes ?

— Ben justement, cela fait dix ans que les détecteurs de neutrinos donnent un nombre trois fois inférieur. On appelle cela le « problème de neutrinos ». C'est très important, car si on détecte effectivement moins de neutrinos que ce que prévoit la théorie, cela signifie que la théorie n'est pas complète, et en particulier, que les neutrinos ont une masse. Cela change tout. Depuis le Big Bang jusqu'à aujourd'hui, cela change tout-tout-tout. Prenez par exemple la force gravitationnelle : elle agit comme un élastique qui tend à rapprocher toute la matière de l'Univers, mais la force de rappel est proportionnelle à la masse dans laquelle on baigne. S'il y a plus de neutrinos, l'élastique est plus fort, et il va faire claquer l'Univers bien avant la date prévue.

— C'est quoi la date prévue ?

— Eh bien, dans dix ou vingt milliards d'années, l'Univers peut se ramasser sur lui-même sous l'effet de cette force ; maintenant, si le neutrino a une masse, ça peut ne prendre que quatre ou cinq milliards d'années.

— Ça ne sera pas un vendredi, j'espère, j'ai billard ce jour-là. On n'est pas trop pressés quand même, hein... on a de la marge.

— Si vous voulez, oui, on peut voir ça comme ça. Mais ça change quand même beaucoup de choses. Dans un cas, l'Univers pourrait même être éternel, dans l'autre, l'Univers finira comme il a commencé, ce sera le Big Crunch.

C'est d'ailleurs pour cela que von Krutz a eu son Nobel. C'est que l'expérience permettait indirectement de mesurer la masse du neutrino. Vous imaginez le désastre si on s'aperçoit que c'était une erreur de mesure.

On a changé l'un des réacteurs dernièrement, et c'est sans doute pour cela qu'on a amélioré la sensibilité. Je ne sais pas, il faudra faire des vérifications, mais il risque d'y en avoir pour longtemps. Enfin, peu importe. Voilà ce qui a dû se passer, à mon avis : von Krutz a vu que le détecteur mesurait le nombre attendu de neutrinos. Tout ce qu'il avait fait depuis dix ans se cassait la gueule, et en plus, son prix Nobel n'avait plus aucun sens, c'était volé, c'était une erreur de manip. Vous voyez le tableau, la honte totale, il n'a pas supporté, il a sniffé de l'acide fluorhydrique et adieu Berthe !

— C'est une théorie intéressante. Vous pouvez prouver cette histoire des neutrinos ?

— Oui, bien sûr, j'ai le listing là, ça ne fait aucun doute, c'est écrit noir sur blanc. Il y a bien trois fois plus de neutrinos que ce qu'on mesurait avant de changer le réacteur numéro deux. Il devait y avoir une fuite à la masse, je ne sais pas, ça peut toujours arriver des conneries comme ça, sur des manips aussi complexes ; je parie qu'en reprenant les anciens fichiers, et en recalant les données sur le nouveau calibre, on verra que les précédentes mesures n'étaient pas fiables. Il faut voir, je vais bosser là-dessus.

— Bon, écoutez, euh, je vais passer vous voir, mettez-moi tout ça de côté, je viendrai tout à l'heure.

Un suicide ?

Sur le trajet qui le conduisait au CEN de Corte, Blanchot commençait à comprendre ce que le président du CNRS avait tenté de lui expliquer. Mettant bout à bout quelques fragments de conversations, il se prenait peu à peu de sympathie pour le jeune physicien, chasseur infatigable de neutrinos, qu'il venait d'avoir au bout du fil. Oui, c'est dans la recherche elle-même que, tout à coup, le chercheur se révélait sous son meilleur jour, c'est dans le dévoilement, dans la révélation, dans l'Idée. « Ces gens-là ne sont pas comme les autres », pensa-t-il, comme en écho à tout ce qu'il avait entendu depuis quelques jours. Ils ont des idées qui touchent au monde dans son entier, à l'éternité du temps, à l'infini de l'espace. Leur intelligence frôlant la connerie s'était soudain dissipée.

Blanchot ne parvenait pas, de lui-même, à aller au-delà de ces banalités. Si on lui avait demandé ce qu'il voulait dire exactement par « l'éternité du

temps » ou « l'infini de l'espace », il aurait probablement bafouillé quelques tautologies, genre
« l'infini de l'infini, quoi, vous voyez ce que je veux
dire », mais cependant il avait senti, pendant quelques secondes, que la bouche d'un jeune chercheur
pouvait l'entraîner dans des sphères lointaines et
mystérieuses inaccessibles en temps normal au
commun des mortels pris dans l'écume des jours :
celle de la matière, de la lumière et du temps, dont
il découvrait seulement maintenant qu'elles pouvaient faire l'objet d'un profond questionnement.
Et même ces « sphères lointaines et mystérieuses »
gardaient quelque chose de très banal, pure réso-
nance, bouillie culturelle, pourrait-on dire, parve-
nue jusqu'à Blanchot malgré sa résistance, à travers les médias, quelques clips scientifiques de M6
et les pages « culture » de Télérama.

Le jeune garçon arrogant que Blanchot avait cru
percer dans les premiers contacts s'était révélé soudain intéressant, amusant, convaincant, perspicace,
et puis surtout : passionné, et l'on pardonne beaucoup, tout peut-être, aux gens passionnés. En ré-
trogradant dans la côte qui montait au CEN de
Corte, sur la montagne même, creusée en son sein
des immenses galeries où s'affairaient les chercheurs en physique des particules, il sentit sa voiture peiner, ralentir, et presque s'arrêter dans les
virages, quand la pente devenait trop raide. Dans
ces instants-là, il avait tout le loisir d'admirer la

mer, au loin, et son interminable clapot, et de se dire que tout, finalement, pointait vers un gigantesque mystère, mais que de ce tout, quelques personnes faisant l'honneur du genre humain, avaient déjà beaucoup compris, et que, si un flic se posait des questions sur la mer ou les nuages, certains comme Loïc Zweistein, se situant bien au-delà, se posaient des questions sur le Soleil, le Big Bang ou les neutrinos, dans une quête éternelle qui transportait à travers eux l'humanité tout entière dans le cosmos.

Blanchot se sentait grisé, il aurait fallu être exactement à sa place pour comprendre un peu les sentiments, l'état d'esprit qui l'animait, et, si cela n'est pas suffisamment clair, disons qu'il avait sous son crâne une sorte d'ambiance de kermesse ; ce n'est sans doute pas complètement approprié, mais on comprendra sans difficulté ce que je veux dire par là.

Arrivé à l'entrée du CEN de Corte, il ne s'arrêta plus, cette fois, à des trivialités comme le gras au cou du petit gardien en faction, comme les gros mollets de la jeune femme qui remettait les badges ou la couleur pisseuse du bâtiment principal. L'essentiel, soudain était ailleurs, *invisible pour les yeux*[1] et c'était Loïc Zweistein qui le lui avait ap-

---

1. On remarquera que, bizarrement, cette phrase de Saint-Exupéry, aussi célèbre qu'inoxydable, sonne plus profond que *inaudible pour les oreilles*.

pris. C'était toujours ça, finalement, qu'il pourrait retenir de cette enquête, quand elle serait close. Et si Loïc — il l'appelait par son prénom, maintenant — avait raison, l'enquête serait immédiatement bouclée, il pourrait sans tarder rentrer chez lui, et, qui sait, lire quelques bons ouvrages de vulgarisation, peut-être *Une brève histoire du temps* de Stephen Hawking, ce paralytique dont il se sentait tout à coup presque amoureux ; le seul auteur de vulgarisation, en tout cas, dont il avait entendu parler.

Il parvint rapidement dans le long couloir de l'aile quatre, où se trouvait le bureau de Loïc Zweistein, tout en repensant au ton chaleureux et passionné du jeune homme lorsqu'il lui expliquait dans le même temps, dans le même mouvement, la physique des particules, les troubles affectifs de son ébéniste, et l'hypothèse, la découverte sensationnelle qu'il avait faite à propos de von Krutz.

Oui, pensa Blanchot avant d'ouvrir la porte, si tu as raison, Loïc, c'est peut-être la preuve, aussi, que la recherche scientifique a quelque chose de commun avec les enquêtes policières. Tu aurais pu faire un bon flic.

Il frappa à la porte, puis entra dans le bureau sans attendre que Loïc Zweistein fasse signe ou crie d'entrer. Il trouva Loïc Zweistein appuyé sur ses avant-bras, sur son bureau, les yeux ouverts regardant vers la porte, avec un air un peu fatigué, ou bien sérieux. Blanchot fit quelques pas dans la pièce en soupirant. Regarda Zweistein en lui disant d'un air très tendre, très paternel : « Je peux ? », et tira de sous le coude du jeune physicien le téléphone, qui était un peu coincé. Il composa le numéro du commissariat central de Corte et demanda à parler à son adjoint, Nomarsky.

— Nomarsky, c'est toi ? Tu peux rappliquer au CENC...

...

— Oui, tout de suite.

...

— Oui, tu peux mettre le gyrophare. Tu viens avec tout le monde, je suis dans le bureau de Loïc Zweistein.

...

— Il est mort.

La kermesse était bien finie.

*

En prononçant ces mots, avec une voix très raide, presque brisée, trop émue en tout cas pour un flic habitué aux émotions fortes, il regardait les yeux figés, froids et pour l'éternité arrêtés sur des questions dont ils n'auraient jamais les réponses. Peut-être seulement Loïc Zweistein avait-il eu, juste avant de mourir, la réponse à une seule question, à une question bien précise avec laquelle maintenant Blanchot allait se coltiner. Qui avait tué von Krutz ? Puisque dorénavant, le doute n'était plus permis : Loïc Zweistein, lui, ne pouvait pas s'être suicidé. À moins, hypothèse qui aurait sûrement amusé le jeune homme, qu'il se fût jeté du haut de son armoire tête la première contre un marteau ou un objet de cette sorte, que de toute façon on aurait cherché en vain au voisinage du corps. Il aurait fallu expliquer aussi comment le corps s'était remis à son bureau, penché en avant, appuyé sur ses avant-bras et la tête relevée, toute mise en scène impossible à mettre au point en un seul saut, même en souplesse, du haut d'un meuble.

Qui avait tué Zweistein ? Ce n'était pas de la physique, ce n'était pas cela qui allait arrêter le Soleil, ralentir le Big Bang ou faire apparaître la matière noire, mais enfin, maintenant, c'était sa question, et par respect pour le jeune garçon qui gisait dans son sang le corps posé en avant sur le bureau avec un trou sur le haut du crâne de la taille d'une pièce de cinq francs, Blanchot se jura de trouver le meurtrier, ce serait sa contribution à lui, pensa-t-il, à la physique fondamentale, parce qu'on ne peut pas laisser un monstre se balader en toute liberté dans le Landerneau des physiciens. Ni là, ni ailleurs, rectifia-t-il en lui-même.

Puis il fit quelque chose d'interdit par le règlement : il ferma les yeux de Loïc Zweistein, pour toujours.

Claudia Verdier

— Aaaahh !

Blanchot entendit le cri dans l'embrasure de la porte, alors qu'il explorait avec la pointe d'un stylo la blessure mortelle dans le crâne de Loïc Zweistein. Sans réellement farfouiller dans le cortex, il soulevait quelques cheveux collés par un caillot, afin d'accéder plus largement à la béance dans le crâne. La fracture assez rugueuse de l'os donnait quand même à penser qu'un coup extrêmement violent avait été assené.

Dérangé par le cri, mais pas réellement surpris, au sens où il n'eut pas de sursaut ni de pincement au cœur, il releva la tête (la sienne), reposa l'autre, et vit les derniers plans, comme au ralenti, de la chute d'une personne de sexe féminin qui s'écroulait comme une chiffe sur le lino. Vers la fin de la chute, la jupe de l'évanouie était remontée complètement sur le ventre, en laissant voir une culotte très échancrée, doublement échancrée car le bord en dentelle très foliée était aux trois quarts transparent. Autant dire qu'elle n'avait presque rien sur elle, sous sa jupe. Au niveau des hanches, la culotte était à peine plus large que l'élastique et Blanchot, suivant par la pensée le sous-vêtement vers l'arrière du corps, en conclut qu'il existait une très forte probabilité pour que la fille portât un string. Compte tenu des circonstances, pensa-t-il d'abord, pourquoi ne pas la retourner un peu, pour vérifier, avant qu'elle ne se réveille ? Il s'approcha de la fille en ne pensant qu'à ça, mais parvenu à ses pieds il fut fort heureusement pris d'une sorte de pulsion professionnelle qui lui intima l'ordre de lui rabattre plutôt la jupe, et d'essayer de la ramener à elle en lui tapotant les joues.

Tapotant d'abord gentiment, puis tapotant, puis tapant, et enfin, giflant assez fort. La fille était vraiment dans le cirage. Elle finit par se réveiller, mais d'un œil seulement et elle dit d'une voix terrorisée :

— Je vous en supplie, ne me faites pas de mal, je vous en supplie.

Blanchot comprit enfin que la jeune femme l'avait pris pour l'assassin, et il se dépêcha de lui dire :

— Ne craignez rien, mademoiselle, je suis de la police. Reprenez vos esprits.

*

Vers 16 h 59, une file se forme à la sortie du CEN de Corte. Les voitures attendent pour sortir car, depuis quelque temps, l'ouverture des barrières dans le sens sortie n'a lieu qu'à 17 h 00, l'heure supposée de la fin du travail pour une grosse partie du personnel, qui pointe automatiquement au passage de la cellule photoélectrique. Quand bien même la barrière se lèverait plus tôt, personne n'essaierait de passer avant l'heure précise, et la levée de la barrière n'a pas d'autre rôle que de les faire partir réellement à l'heure.

C'est par hasard que Blanchot se retrouve un peu bloqué dans ce minuscule bouchon, qui se défera d'un trait, comme une baudruche percée, dès que l'heure aura sonné. Assis dans la voiture et le coude à la portière, le flic, qui n'est pas très pressé malgré le meurtre du jour, a vu passer Claudia Verdier qui n'avait pas à faire la queue, attendu qu'elle allait à pied. Du Centre d'Études Nucléaires de Corte jusqu'à *downtown* Corte, il y a une quinzaine de kilomètres de montagne drue et de garrigues pelées, entrecoupée de ruisseaux qu'on franchit sans même y penser et, si la vue est belle et la côte au loin zébrée de GR, on n'imagine pas qu'un chercheur se la tape sac au dos dans les deux sens, matin et soir, tous les jours de la semaine. Que va donc faire Claudia Verdier par là, à pied ? se demande soupçonneux Maurice Blanchot. Nous pourrions lui emboîter le pas, et l'accompagner dans son soupçon, malheureusement, ce serait bien idiot : Claudia Verdier se rend tout simplement à une trentaine de mètres, à l'extérieur du CENC, sous l'abribus voisin du poteau dont l'ensemble avec le banc en fibre de verre constitue, comme partout, un banal arrêt d'autobus habillé par Decaux. Maurice Blanchot aurait pu faire attention, et concevoir qu'après tout, on n'est pas obligé de venir en voiture, puisqu'une navette fait le trajet quatre fois par jour depuis la ville. Le peu de fréquentation de cette ligne excuse en partie l'inspecteur, qui n'avait pas pensé qu'on pût venir ici, au sommet d'une colline rêche et déserte, autrement qu'en véhicule particulier. À vrai dire, fort peu de clients prennent la navette, qui est entièrement subventionnée par le CENC. L'entreprise de Corte qui met cette navette à disposition a même produit un bilan comptable : ce serait plus économique de payer le taxi aux quelques rares clients qui montent ici par ce moyen. Mais bon, c'est une obligation de service, il faut bien que les employés puissent venir travailler ; c'est un droit acquis, au même titre que la continuité territoriale.

*

Blanchot a franchi la barrière, puis a roulé quelques mètres jusqu'à l'arrêt d'autobus.

— Mademoiselle !

La jeune fille a sursauté, fait mine de se retourner comme si elle avait à fuir un dragueur, puis, baissant la tête vers la portière :

— Quoi, encore vous ? Vous allez me faire peur combien de fois par jour ?

— Ah pardon, excusez-moi encore. Au contraire, je voulais me faire pardonner. Vous attendez le bus pour Corte ?

— Non, non, j'attends le Père Noël.

— Allez, je vous descends... si on peut dire. Vous voulez bien ?

— Je ne sais pas si je dois. Quand vous êtes dans les parages, je ne me sens pas rassurée. Il n'y a pas de cadavre sur votre banquette arrière ?

— Mais vous avez bien vu, je suis le flic de Paris, n'ayez pas peur, je vous dépose à Corte, je peux même mettre la sirène, si ça peut vous rassurer. Vous pouvez prendre la place du mort...

— Ouais, c'est ce que je ne souhaite pas trop, justement...

La fille finit par monter dans la voiture, après que Blanchot eut ouvert la portière pour l'inviter à monter.

— C'est votre nom, Blanchot ?

— Et vous, c'est bien Verdier ?

— Ben oui, on a des noms de couleur, tous les deux.

— Oui, presque, Blanchot, ce n'est pas très coloré.

— Blanc et vert, c'est le drapeau de quoi ?

— Sûrement un pays arabe ; le vert, c'est souvent dans les pays arabes.

— J'ai travaillé avec un physicien qui s'appelait Rosso, rouge en italien, et avec un Grec, Mavromat, ça veut dire noir, table noire ou quelque chose comme ça. Les noms de couleur, c'est assez répandu, Leblanc, Lenoir, Legris, Lerouge.

— Oui.

Bon, à ce stade, la conversation n'était pas très bien emmanchée. Il y avait une raison à cela : Blanchot ne savait pas s'il avait pris la fille pour la séduire, et enfin voir, dans des circonstances plus décentes, ce qu'il aurait voulu voir au début de l'après-midi, lorsqu'elle s'était évanouie à l'entrée du bureau de Zweistein, ou bien pour la questionner discrètement, de façon informelle, sur la vie au laboratoire. Ne s'étant pas décidé, et comme dans le même temps il devait conduire sur des routes en lacets assez dangereuses, il n'arrivait pas à relancer la conversation dans une direction plus sûre, moins embarrassante.

— Alors vous travaillez au Centre d'Études Nucléaires de Corte ? Depuis longtemps ?

— Oui et non, enfin, depuis longtemps, oui, mais je ne travaille pas vraiment au CEN de Corte. Je suis chef d'entreprise.

— Vous plaisantez, vous avez tout l'air d'une jeune chercheuse...

— Ah oui, j'en ai tout l'air, peut-être, mais après mon doctorat on n'a pas voulu me recruter comme chercheur, malgré une liste de publications longue comme ça. C'est que, vous comprenez, j'ai un passé chargé : j'ai fait la fac, c'est comme un casier, dans mon milieu. Si vous n'avez pas fait Normale ou Polytechnique, c'est dur de percer. Après le doctorat, j'ai été priée d'aller me faire voir ailleurs. Mais avec un doctorat de physique des particules, j'aime autant vous dire, c'est difficile de se caser dans l'industrie... Aux ASSEDIC, il n'y avait pas de case où cocher, pour mes recherches d'embauche, j'en ris encore, vous auriez vu la tête de l'employée chargée de m'aider à trouver du travail, c'était pathétique. Il n'y avait rien de prévu. J'ai vite compris qu'il valait mieux rester dans la recherche ou dans l'enseignement.

J'ai voulu donner des cours à la fac, où j'avais fait mes études, mais ils ne prenaient que des normaliens, et puis, il y a un texte de loi qui interdit de prendre des chômeurs pour donner des cours à la fac.

— Comment cela ? Ce n'est pas possible ce que vous me racontez.

— Mais si, c'est la pure vérité. Pour travailler à la fac, il faut soit être fonctionnaire, soit avoir déjà un emploi. Comprenez la logique du système : si

l'État prend un chômeur pour faire des heures sup'
à la fac, il doit payer les charges patronales, et
payer le chômage aux ASSEDIC lorsque les cours
finissent, parce que les heures sont considérées
comme « l'emploi principal ». Si l'on ne veut pas
payer les charges, les primes de licenciement, tout
ça, il faut embaucher des gens dont ce n'est pas
l'emploi principal. On ne veut plus prendre le
risque de faire travailler des gens qui sont au chômage, vous comprenez : des fois qu'on se retrouve-
rait obligé de les embaucher !

Ce serait à mourir de rire, si ce n'était pas aussi
tragique.

— Moi, je ne trouve pas ça drôle, ce que vous
me racontez ; comment est-ce qu'on s'en sort dans
des cas pareils ?

— Ah là ! Le seul moyen de faire quelques heures de vacation à la fac, c'est d'avoir déjà un emploi
ailleurs pour au moins 51 % de son temps. Du
coup, ce ne sont que les gens qui ont déjà un boulot, chercheurs, agrégés, etc. qui peuvent travailler.
La règle d'or de la fac c'est « on ne prête qu'aux
riches ». Il paraît qu'il y a un ministère du Travail,
un ministère de la Jeunesse, et un ministère de la
Solidarité, dans ce beau pays.

— Et un ministère de la Justice, aussi...

— Des mots tout ça, des conneries ! Il y a bien
une loi qui interdit de recruter des chômeurs à la
fac. Point final. Et personne ne fait rien : la loi in-

terdirait de recruter des Juifs ou des Arabes, ah là oui, ça vaudrait le coup de se mobiliser, mais des jeunes, des chômeurs, tout le monde s'en fout. De bas en haut de l'organigramme, tout le monde obéit, exige des papiers et des papiers et encore des papiers, et vous fait jurer sur l'honneur que vous avez un autre travail et ainsi de suite. À mon avis, les employés qui obéissent à ce genre de règlement, il n'aurait pas trop fallu qu'ils se retrouvent en 41 dans l'administration de Pétain, ils auraient fini dans de beaux draps.

— Oh là, quand même, vous y allez un peu fort, non ? Il y a des gens qui ne peuvent simplement pas prendre une responsabilité contraire au règlement. Et il doit y avoir de bonnes raisons, parfois, à ces règlements.

— Peut-être, mais moi, je suis plus maline qu'eux — hé, hé, c'est que j'ai fait des études, hein, finalement, ça a du bon, de faire des études, j'ai trouvé la faille dans le système, dans tous ces règlements...

— La faille ?

— C'est ça, d'ailleurs, qui est réconfortant, dans l'administration, c'est qu'il y a toujours une faille, une lézarde par où tout finit par craquer ; c'est par là, à mon avis, que le système va s'effondrer. Les lézardes dans l'édifice administratif c'est vraiment extraordinairement drôle, parce que ce n'est pas comme en architecture : si une lézarde existe, tout le monde peut s'engouffrer par là, il n'y a pas de limite. Dans le cas présent, ça craint bien. Écoutez donc : si vous êtes chef d'entreprise, vous vous employez vous-même, et on ne peut pas vous refuser des heures. Alors voilà, moi j'ai créé ma propre entreprise. *Claudia Verdier and Partners Consulting*, elle s'appelle ; j'ai mis *Partners* pour faire bien, ça m'amusait. C'est pas mal ce nom, vous ne trouvez pas ? Ça sonne *pro*. C'est du *consulting* en physique des particules ; piquant non ? Comme ça, je peux faire des heures de vacations à la fac, comme travailleur indépendant. Et j'en fais un paquet, je vous assure, ils ont besoin de gens comme moi. Ils s'écrasent devant les directeurs de cabinet qui pondent ce genre de directives, mais après, ils se lamentent de ne pas pouvoir contourner le système. Ils sont bien contents qu'il y ait des marioles dans mon genre pour persévérer. Dans les statistiques de l'INSEE, on finira par trouver plein de créations d'entreprises par de jeunes docteurs en physique (ou autre) au chômage, et il y aura sûrement des gens pour sortir de beaux graphiques et s'esbaudir devant l'esprit d'entreprise des jeunes docteurs français !

Le plus grotesque de l'affaire, c'est que, en créant mon entreprise de *consulting*, pour pouvoir contourner les règlements de la fac, j'ai reçu du ministère du Travail une aide à la création d'entreprise, et cela paye mes charges patronales pendant deux ans. C'est-à-dire, en gros, qu'on m'interdit de travailler à la fac pour ne pas payer de charges, du coup je crée une entreprise *Verdier and Partners Consulting* pour pouvoir travailler à la fac comme consultant, et l'État paye les charges. C'est le serpent qui se mord la queue. C'est ça la France. Au moins, c'est bien, ça donne du travail à des armées de fonctionnaires, des bureaucrates on appelle ça — c'est un mot qui a été inventé en France, je crois bien. C'est efficace, en matière d'emploi, ça occupe pas mal de gens. Ça devait être un peu comme ça, en URSS, mais plus officiellement.

— Dans la police aussi, je connais des cas du même genre. C'est surtout des absurdités liées aux permis de séjour, ou des trucs comme ça. Pour avoir un papier A, il faut un formulaire B qu'on ne peut avoir qu'avec le bordereau C, qui n'est remis qu'à ceux qui ont le papier A. Et en plus, on s'arrange pour que les gens aient à faire les démarches dans trois administrations différentes, comme ça, ils sont encore plus paumés, et les employés des mairies ou des préfectures peuvent faire un peu ce qu'ils veulent. À mon avis, c'est fait exprès. C'est-à-dire que, d'un côté, il y a un règlement hyperpointilleux, qui en principe prévoit tout. Mais c'est tellement pointilleux, qu'il faut des gens spécialisés pour comprendre réellement les textes. Résultat : ce sont ces gens-là qui les interprètent et les mettent en œuvre ; ils peuvent donc faire un peu ce qu'ils veulent, on est obligé de s'en remettre à eux. À la gueule du client, ou bien sur intervention d'un ami, d'un ministre, de Jack Lang, on vous donne le papier qu'il faut sans vraiment vérifier si vous avez eu les papiers A, B et C dans le bon ordre (d'ailleurs, il n'y en a pas).

— Oh je vous crois, c'est un peu généralisé, cette mentalité. Si je vous disais... Par exemple, comme officiellement les heures que je fais à la fac ne constituent pas mon emploi principal, on me paye avec six mois de retard. Je dois faire un emprunt à la banque entre deux chèques. Les gens de la fac s'en foutent, que je n'aie pas de quoi m'acheter un kilo de châtaignes. Et le gars de la banque qui gère mon compte, il lève les yeux au ciel à chaque fois en disant : « Ah là là, la fonction publique, on sait ce que c'est. »

— Oui, ça m'est arrivé aussi. Quand j'ai été nommé stagiaire, au début de ma carrière, l'administration a tardé six mois pour me payer. Pendant tout ce temps, j'ai vécu aux crochets de mes parents. Ça fait bien, flic et nourri par sa maman. L'année d'après, j'ai eu une grosse feuille d'impôts à cause de ça. J'ai fait des courriers très musclés aux administrations concernées pour qu'on me rembourse les impôts que j'avais payés indûment, ou bien pour avoir un dégrèvement ; je n'ai rien pu obtenir. Au bout de tout ça, j'ai été convoqué par mon chef, qui m'a expliqué qu'un policier ne devait

pas faire du binz comme ça dans les administrations, que ça lui était revenu, et que par confrater-
nité avec les autres fonctionnaires, il fallait que je
m'écrase. C'est la grande muette, version civil.

J'en ai d'autres, des histoires de ce genre. Tenez :
dernièrement, on a ramassé une jeune nana qui
s'était suicidée. Voilà l'histoire. Elle était venue en
France comme réfugiée politique, elle avait été un
peu entre deux eaux, puis elle avait obtenu une
carte de séjour longue durée. Pendant dix ou
quinze ans, elle a bossé ; elle avait un petit boulot,
et elle était payée avec des fiches roses d'intéri-
maire. Au bout des quinze ans, elle était devenue
complètement française. Ses voisins ne savaient
même pas qu'elle était péruvienne, ils étaient per-
suadés qu'elle était française comme vous et moi.
Bon, au moment de demander la nationalité française — elle s'en faisait toute une joie —, elle a découvert qu'elle devait démontrer qu'elle avait travaillé pendant tout ce temps : on lui demandait de
fournir ses feuilles de paie, et les feuilles d'impôt
des mêmes années. C'était ça le hic : elle, comme
elle ne gagnait pas beaucoup, elle avait un peu
truandé sur sa feuille d'impôt, il y avait quelques
feuilles roses qu'elle ne déclarait pas, pour rester
dans une bonne tranche. Seulement au moment de
demander la nationalité française, ce n'était plus
possible, ça lui retombait dessus. Elle ne pouvait
pas montrer ses feuilles de paie et ses feuilles d'im-

pôt sans courir le risque d'un rapprochement entre la déclaration de l'employeur et la sienne. Elle était coincée ; impossible de demander la nationalité française. Après, ça s'est compliqué, elle a essayé d'autres approches, l'administration a compris le problème, elle a eu un contrôle fiscal... Au bout du compte, elle s'est jetée par la fenêtre... bon, elle devait bien être un peu dépressive aussi, mais ça n'aide pas, ce genre de situation. Dans son suicide, il devait y avoir un peu d'amour de la France, et beaucoup de déception. Quand on découvre ce genre de trucs... Alors évidemment, on ne peut pas s'empêcher de penser : la fraude fiscale, c'est un peu le sport national. On ne va pas expulser ou bannir un charcutier qui a fraudé à mort, au pire il aura une grosse amende ; on ne va même pas en prison pour ça. Alors pourquoi est-ce qu'on fait chier ceux qui demandent à prendre la nationalité française ? C'est absurde, injuste ; il y a un écrivain qui a raconté des trucs de ce genre, des histoires d'administrations totalitaires, tout ça, Frank Kapra.

— Kafka.

— Ah oui, c'est ça, Frank Kakaf, un Allemand je crois. Qu'est-ce que vous faites ce soir ? osa Blanchot, après un court silence, qui se serait bien vu dîner en tête-à-tête avec un consultant en physique des particules.

— Ah, pas drôle, pas drôle, ce soir je dois rem-

89

plir une grosse liasse de formulaires qu'on m'a adressée du ministère du Travail, pour le renouvellement de mon aide. C'est épais comme ça, écrit en petits caractères, et il y a un million d'opérations à effectuer.

— Je peux vous aider à les faire, si vous voulez ?

— Vous êtes bon en calcul ?

— Faut voir.

— Je ne sais pas, vous me faites encore un peu peur, j'ai toujours cette image de votre stylo qui farfouillait dans le crâne de Zweistein, ce n'était pas très engageant. J'aurai du mal à l'oublier.

— Pourquoi a-t-on tué von Krutz, à votre avis ? lâcha sans transition Blanchot, que la dernière phrase de Claudia Verdier avait ramené à de plus brutales réalités.

— Oh je ne sais pas, j'ai même entendu dire que ce pourrait être un suicide, alors...

— Vous devez bien avoir votre idée ?

— Écoutez, je vais vous dire un secret : von Krutz avait décidé d'abandonner ses recherches. Vous saviez ça ? Pour lui, c'était fini, puisqu'il avait trouvé ce qu'il voulait trouver, et puis après le Nobel, qu'est-ce qu'on peut désirer de mieux, hein ? Il avait décidé de tout arrêter.

— Et c'était une raison pour le tuer ?

— Peut-être. Si les expériences de von Krutz s'arrêtaient, il y en a beaucoup qui allaient se retrouver au chômage. Et puis surtout, le Centre d'Études Nucléaires serait démantelé, reconverti en site de stockage de déchets nucléaires : écoutez bien, en site d'enfouissement de déchets radioactifs. C'est prévu, il y a des plans, je les ai vus. Les colis sont mis en boules de verre, et ensuite on stocke les boules à la place des détecteurs. Ce n'est même pas très compliqué. Ce n'est pas plus difficile que d'empiler des oranges, il y en a même qui disent que ce n'est pas plus dangereux non plus. Qui faut-il croire ? Il y en a que ça embêtait beaucoup, figurez-vous, qu'on transforme les calanques en site d'enfouissement de déchets radioactifs. Vous voyez la tête des Corses, si on fourre les colis dans la colline de Monte Vista ? Et puis les Corses, vous savez, ils dégainent rapidement, ils sont susceptibles.

— Et Zweistein, alors, pourquoi lui a-t-on déstocké sa boule à lui, comme ça ?

— « Déstocké sa boule », qu'est-ce que vous voulez dire ?... ah oui, humour de poulet, je suppose. Je n'en sais rien. Il devait être mêlé à quelque chose. Je ne sais pas, en cherchant bien, vous trouverez sans doute quelque chose.

— Sans doute. Bon alors, pour ce soir, vous ne voulez vraiment pas qu'on dîne ensemble ? Si je vous invitais ?

— Non, non, et puis...

— Vous avez un copain ?

— C'est un peu direct comme question...

— Déformation professionnelle... Vous avez un copain, vraiment ? dit Blanchot, qui voyait arriver l'entrée de Corte, et se doutait qu'il fallait conclure rapidement, ou bien sinon, il resterait le bec dans l'eau.

— J'ai un copain, vraiment, et il fait très bien l'amour.

— C'est un peu direct comme réponse....

— Mais elle n'a rien de professionnel, croyez-le bien. Et n'attendez pas que je m'habitue à vous, vous n'avez aucune chance ; c'est que vous m'avez foutu sacrément la trouille, tout à l'heure.

Blanchot laissa Claudia Verdier au carrefour qu'elle lui indiqua, et s'en retourna à son bureau minuscule du commissariat de Corte. C'était raté pour la soirée en amoureux, mais il avait glané un renseignement : Claudia Verdier était une fille aigrie. Ah oui, les déchets nucléaires aussi ; ça faisait un mobile plausible, il fallait vérifier.

C'est dur d'être un disque

Elle a la mâchoire un peu carrée devant, et rebondie sur le côté, ce qui lui donne un petit air de hamster, mais petit, seulement, rien que de tendre, cela ne va pas chercher très loin : on ne peut pas dire, par exemple, qu'elle a les dents de sagesse qui poussent.

Le regard un peu vaporeux, doux ou rêveur (mais à quoi rêve-t-elle alors ?), et ses cheveux en chignon (mais qui laissent tomber quelques mèches) lui donnent parfois un faux air de vrai Renoir, un air qu'on trouve au *Bal du moulin de la Galette*. Comme ses modèles, elle a une frange brune avec des reflets roux, qui tombe un peu éparse, lorsqu'elle rejette la tête en arrière. Elle gambade d'une machine à une autre, et c'est presque une surprise, une bonne surprise, que l'ingénieur informaticien soit une ingénieuse, qui flatte les machines de ses petits doigts agiles, comme une bergère normande ramenant ses Noiraude à l'étable. C'est tout ce qu'il reste du bocage, dans l'esprit des jeunes d'aujourd'hui affairés autour de leurs machines, eux qui ne voient un ruminant, un vrai, qu'une fois tous les dix ans : une image factice, toc, mais bon, c'est à cela qu'on pense devant un écran d'ordinateur, lorsqu'on en a assez de pisser des lignes de code, et qu'on se prend pour un bœuf.

Son rôle à elle, elle l'a expliqué simplement : faire tourner la boutique pour que les chercheurs puissent s'exprimer sans entrave. Elle a même dit : « Je dois les materner un peu, ils ont vraiment des comportements infantiles. » « Infantiles » : comme des enfants donc, le président du CNRS avait raison. En tout cas, la jeune informaticienne qui les materne en pense autant. « Il doit y avoir une part de vrai » se dit Blanchot, car bien sûr, pour un flic, il n'y a jamais, jamais de coïncidences, et si deux témoins disent la même chose, la chose est nécessairement vraie, même si, en l'occurrence, on ne peut pas dire que cela touche un point essentiel de l'enquête ; le caractère des chercheurs, ici, est une affaire collatérale, sauf à supposer, ce que semblait croire le président du CNRS, qu'en comprenant mieux ces sauvages infantiles, on tirerait plus rapidement l'affaire au clair.

— J'ai eu Loïc Zweistein au téléphone avant sa mort. Il parlait d'un listing. Vous voyez de quoi il peut s'agir ?

— Des listings, des listings... tous les chercheurs

en sortent des centaines de pages par jour. Il faudrait savoir de quoi il s'agissait.

— Il parlait des résultats de l'expérience des neutrinos, ceux du jour de la mort de von Krutz. L'expérience donnait trois fois plus de neutrinos que d'habitude. Ça peut vous aider ?

— Ah oui, là c'est plus simple. L'acquisition des résultats est automatique, ils sont archivés dans un fichier qui porte simplement la mention Krutz suivie de la date de l'expérience. Il y a un fichier annexe qui contient quelques paramètres, qui sont également enregistrés. En principe, les fichiers Krutz sont accessibles depuis tous les ordinateurs du réseau.

— On peut le voir d'ici ?

— Oui, enfin, je préférerais faire cela depuis mon bureau.

En disant cela, la jeune femme regardait la flaque de sang séché, ou plutôt séchante, sur le bureau de Zweistein, d'un air dégoûté, ou navré, enfin, comment dire... cela lui semblait sacrilège de se *logger* sur son compte à partir de la bécane qui se trouvait à quelques dizaines de centimètres de l'endroit même où reposait la tête du jeune chercheur au moment où Blanchot l'avait trouvé. Chaque activité développe ses propres codes, ses interdits, ses limites, et pour l'informaticien, le deuil c'est aussi ne pas entrer sur le réseau avec la machine d'un mort dans la première semaine, ou le premier mois qui suit le décès. Cela dépendra du degré de proximité avec le défunt. Dans certains cas, on remisera l'ordinateur au grenier, si l'on connaissait très bien le mort, ou si la machine était très customizée, dans d'autres, ce sera la curée, et quelques minutes après le décès on se partagera sans vergogne ses barrettes mémoire et l'écran 24 pouces sur lequel tout le monde lorgnait.

Dans le bureau de la jeune femme, Blanchot assista pour la première fois de sa vie à une étrange ordalie, qui lui fit enfin comprendre l'étendue de sa ringardise. En quelques minutes, il comprit que l'époque l'avait dépassé, de beaucoup, et qu'il resterait pour toujours confit dans des vieilles pratiques ancestrales, tarot, tiercé, lectures, des activités de loisir quasiment ataviques — pêche, cuisine, cinéma — qu'il ne parviendrait jamais à faire aimer à ses enfants. Les doigts de la jeune femme, volant sur le clavier comme une nuée d'abeilles, ou bien... ou bien, image d'une platitude à crever, comme les doigts d'un pianiste virtuose, avaient aligné des milliers de symboles bizarres, inconnus sur la plupart des claviers, et certainement de Blanchot lui-même, mais qui permettaient à la jeune femme de gérer de son poste, avec une aisance stupéfiante, la totalité d'un réseau informatique constitué d'un parc de plus de cent machines. Elle avait consulté plusieurs fois, par le réseau, les archives, les disques durs des ordinateurs affectés à l'expérience de von Krutz, et revenait toujours sur le *shell* de départ, c'est-à-dire sur le premier plan de son ordinateur où le curseur se remettait à clignoter comme un rat qui remue du groin en attendant qu'on lui serve une croquette pour une expérience de psychologie cognitive.

— Il n'y a rien, dit-elle. Sauf ça : Loïc Zweistein est mort vers 14 h 37.

Blanchot ferma un œil en dressant le sourcil de l'autre.

— Quoi ?

— Oui, Zweistein a dû être tué vers 14 h 37.

— Comment pouvez-vous le savoir ? Il y a des caméras, quelque chose qui enregistre ?

— Non, c'est plus simple que cela. Son compte était ouvert lorsqu'il a été tué, il venait sans doute de récupérer les fichiers. Quelqu'un s'est servi de son *password* pour tout effacer. À 14 h 37, des ordres d'effacement ont été envoyés à toutes les machines où aurait pu être stocké le fichier Krutz de ce jour-là, ainsi que les fichiers de Zweistein lui-même. D'ailleurs son disque est mort, il a été réinitialisé.

— Alors il n'y a plus rien ?

— Plus rien, j'en ai bien peur. Il était *Super User*, vous savez, cela lui donnait accès à toutes les protections ; quand il n'y a plus de verrou, vous pouvez faire beaucoup de dégâts. Remarquez, là c'est plutôt chirurgical, on a effacé ces fichiers-là, et ceux-là seulement, hormis le disque réinitialisé.

— C'est foutu ?

— Non, pas complètement, si vous me laissez un peu de temps, je peux essayer de faire quelque chose.

— Ah ben tenez, cela tombe bien, si vous arrivez à récupérer les fichiers, est-ce que vous pouvez les envoyer à cette adresse ? On me l'a communiquée ce matin.

En effet, le matin même, les travaux de branchement avaient pris fin dans le bureau de Blanchot, et ce dernier était depuis lors raccordé au ouèbe. Ainsi, il put montrer à la jeune femme, fier comme Artaban, un petit bout de papier merdique où il avait griffonné : blanchot@police-nationale. fr.

Le petit trou de la lorgnette

— Entrez, Blanchot ; vous avez vu ce bordel ?

Blanchot entre, et, effectivement, il a vu ce bordel, il est même passé à travers.

Depuis la fenêtre du bureau du directeur du CENC, on distingue, au loin, le long de la clôture, une foule bigarrée qui agite des banderoles et des calicots. Quelques hurluberlus en avance sur le carnaval ont choisi de revêtir des combinaisons antiradiation, blanches avec des masques à gaz du plus bel effet (ils doivent étouffer là-dedans). Entre la clôture et les manifestants, un cordon de policiers goguenards protège avec politesse mais fermeté l'accès au CENC. Par mesure de sécurité et sur ordre du préfet, on a débranché l'alimentation électrique de la clôture. C'est un peu contradictoire, au moment même où des excités font tout ce qu'ils peuvent pour envahir le site, mais on préfère éviter qu'il y ait des morts rôtis comme des moustiques. L'électrification, c'est plutôt pour empêcher les infiltrations sournoises, saboteurs, espions, autres. Si les manifestants sont motivés, ils sont plutôt bon enfant, et, quoique Corses, restent nos compatrio-tes — encore que, on pourrait leur demander leur avis, il y aurait peut-être de quoi rétablir la haute tension.

Le directeur du CENC a une petite longue-vue qu'il utilise pour zieuter les manifestants au loin, et, debout face à la vitre, avec cet objet obsolète étiré devant lui, il a tout l'air de Napoléon à Water-loo, cherchant vainement les troupes de Grouchy, et sidéré de voir Blücher arriver. Il a aussi un côté Rackham le Rouge, ou capitaine Haddock cher-chant à l'horizon l'île mystérieuse.

Blanchot n'est pas du genre à se laisser impres-sionner par quelques manifestants et murmure au directeur :

— Ne vous en faites pas, la gendarmerie a des consignes strictes, vous pouvez ranger votre lorgnette.

— Une longue-vue, Blanchot, c'est une longue-vue. Je collectionne les vieux instruments de ma-rine. Celle-ci est du XVIIIe siècle, elle a accompagné La Condamine au Pérou, lors de l'expédition qui mesura le renflement de la Terre à l'Équateur. Ils ont aussi rapporté le caoutchouc en Europe. C'est une pièce rare, les lentilles sont de Rotterdam, de chez Julius Vandegaert, la monture est de Roubaix, d'un orfèvre nommé Pierre Lestrat, le cuir sur le côté a été remplacé en 1804 par les soins d'un cordonnier du Faubourg Saint-Antoine, pour le compte de l'amiral du Patty de la Merisaie, la réparation a coûté vingt-sept sols et trois liards : c'est de l'autruche ; vous vous rendez compte ? De l'autruche, hein, en 1804, on se demande où ils sont allés la pêcher.

Non, Blanchot ne se rendait pas très bien compte, mais bon, si le directeur du Centre d'Études Nucléaires de Corte était si enthousiasmé par l'objet, il devait bien y avoir une raison.

— Et on voit bien avec ça ? demanda Blanchot, toujours l'esprit pratique.

— Oui, assez bien, enfin, ce n'est pas tellement pour cela que je l'ai achetée.

« Alors c'est qu'on ne doit pas voir très bien avec », pensa Blanchot, un peu caustique. Le directeur du CENC ouvrit un tiroir pour y ranger la lorgnette. Avant de l'y glisser, il porta sa main sur un petit sac en toile de jute qu'il posa et défit sur son sous-main.

— Regardez, Blanchot, regardez cela.

Il sortit une espèce d'écuelle en laiton, griffée sur le bord de mille petites encoches, et cerclée tout autour par des anneaux concentriques ; pas exactement concentriques, nota Blanchot après quelques secondes, légèrement décalés vers le centre. Vers ce centre, il y avait des croix, et des signes en langue étrangère, de l'arabe très probablement.

— Vous voyez cet objet, Blanchot ? Je crois que j'aurais pu tuer quelqu'un pour l'avoir. Je crois que des gens pourraient me tuer pour l'avoir. Vous savez ce que c'est ? Ça pèse sept cent vingt-sept grammes. C'est en électrum, un alliage d'argent et d'or. Est-ce que ça vous aide ? Un instrument de marine, je vous l'ai dit, je collectionne des instruments de marine... je l'ai acheté aux enchères, à Venise, une semaine avant l'assassinat de von Krutz. Ça ne vous aide pas ?

— Non, je ne vois pas... une boussole, est-ce que c'est une boussole ?

— *Sort of.* C'est un peu ça. C'est le dernier astrolabe d'Al Qwazir, un astrologue forgeron de Bagdad, qui faisait lui-même ses instruments et qui avait accompagné 'ibn el Kemal dans ses expéditions maritimes. Toute sa vie, il a voulu faire l'astrolabe parfait, celui qui reproduirait fidèlement toutes les étoiles du ciel. Bételgeuse, ici, là Fomalhaut, Véga, Al-Débaran, Altaïr, là encore, Cassiopée ; elles y sont toutes, toutes celles qu'il pouvait voir, jusqu'à la magnitude 0.3. Au-delà, il faut des instruments d'optique sophistiqués, des télescopes ou des lunettes. Toutes, elles y sont toutes, gravées sur quinze centimètres carrés. Il y a des points si petits, on penserait que ce n'est que la rugosité propre au métal, ou des restes de coups, de frottements. Non, à chaque fois, on peut nommer une étoile à cet emplacement. L'astrolabe parfait... il

date du XIIe siècle, début XIIIe au pire. Je l'ai payé...
vous voulez savoir combien ? Il y avait beaucoup
d'amateurs... et même un envoyé du musée de la
Marine, du Trocadéro.

— Combien ? demanda Blanchot, piqué au vif.

— Non, cela n'a aucune importance, cet objet
n'a pas de valeur. Vous voyez, la veille de la mort
de von Krutz, je me suis allongé dans l'herbe, au
sommet du Monte Vista, et j'ai tourné les alcantara
sur l'araignée, comme ceci.

Arpel tourna avec le doigt l'un des disques qui
reposaient sur l'astrolabe.

Puis j'ai pointé les lignes de visée vers les étoiles,
et là, pendant quelques secondes, j'ai vu, scruté, le
même spectacle, exactement, que Rachid Al Qwazir il y a sept ou huit siècles. J'ai vu le même ciel,
les mêmes étoiles, le même monde au-dessus de
moi à travers lequel la Terre vole comme une
fusée, et j'ai fait le même geste pour en déduire ma
position.

Brusquement, Arpel se raidit :

— Et aujourd'hui, quoi, je devrais le pointer
vers ces connards là-bas qui manifestent comme
des putois ? Ce monde est fatigué, Blanchot, il ne
sait plus s'allonger dans l'herbe pour regarder les
étoiles. Quand on va chez les gens, il y a toujours
une couche de trente centimètres d'épaisseur de
jouets dans la chambre des enfants, cela paraît normal. Une société qui peut se permettre autant de

superflu est une société fatiguée, Blanchot, croyez-moi. Et ces connards, là-bas, qui n'ont rien d'autre à foutre que de s'agiter à l'entrée du CENC... On avait bien besoin de ce bordel en plus, comme si ça ne suffisait pas. J'ai déjà perdu mon père et mon fils dans la même quinzaine, on va aller jusqu'où maintenant...

Arpel rangea rapidement, nerveusement, l'astrolabe dans sa petite housse en toile de jute et referma brutalement le tiroir qui claqua pile sur le mot « maintenant », en donnant à la fin de sa phrase une consonance fantastique qui ne rassura pas trop Blanchot.

— Oh, j'ignorais, toutes mes condoléances, fit le flic, immédiatement repris par le directeur du CENC :

— Mais non, je parlais de von Krutz et de Zweistein...

— Ah oui, bien sûr, je comprends.

— Von Krutz m'avait formé, et moi, j'avais formé Zweistein, vous voyez. C'est comme ça que se font les filiations, les familles en sciences, c'étaient mon père spirituel et mon fils spirituel, si vous voulez...

— Oui, oui, d'accord, répondit vivement Blanchot, qui, non sans raison, se dit que le professeur Arpel devait vraiment le prendre pour un imbécile. Blanchot pensa qu'il était temps de reprendre un peu l'initiative et de montrer ses capacités. Il partit à la pêche au goujon :

— Dites-moi, vous avez une idée de ce qu'ils font là, les manifestants ? On dirait qu'ils protestent contre le nucléaire ; mais vos expériences, là, ce ne sont pas des centrales nucléaires ?

— Mais non, mais non, ces Corses s'alarment pour rien, ils doivent confondre avec autre chose. C'est inoffensif ce qu'on fait ici, ça n'a rien à voir avec l'énergie nucléaire, ce sont des expériences, il n'y a aucun danger, aucun risque d'irradiation, vraiment aucun.

— Il y a une banderole où il est écrit « 1 Corse = 3 neutrinos », qu'est-ce que ça veut dire, selon vous ?

— Oh là là, ils nous ressortent ça à tous les coups. C'est une vieille histoire, faites voir.... ah oui, c'est la même banderole que y a cinq ans, ce sont toujours les mêmes.

Ça n'a rien à voir avec les expériences que nous faisons. C'est pendant la construction des installations, il y a eu plusieurs gros accidents sur le chantier, et trois ouvriers corses sont morts, des maçons, morts bêtement, comme un ouvrier peut mourir sur un chantier, une plaque qui se décroche, un coffrage à béton qui cède ; ce sont des choses qui arrivent, non ? Après cela, quand nos expériences ont commencé, le premier grand article de von Krutz, et du Centre, présentait la détection de neuf neutrinos. Tout est parti de cela, il y a eu des mauvaises langues pour faire le rapprochement et dire que ça faisait cher le neutrino, et pas cher la vie d'un homme, d'un Corse : neuf neutrinos pour trois Corses, et *vice versa*, d'où la banderole, 1 Corse = 3 neutrinos. C'est ridicule. D'abord, on en a détecté bien davantage depuis, ensuite, quoi, c'est un centre de recherche ici, ce rapprochement est ridicule, on étudie la matière, on fait des théories, tout ça pour faire avancer la science... de quoi se plaint-on ? Je suis sûr qu'il y a des ouvriers qui meurent sur des chantiers en construisant, je ne sais pas moi, des usines à jeux vidéo, des studios de films pornos, des souffleries de verroterie, des tas de choses bien inutiles et parfaitement sans intérêt, voire nocives, et nous, qu'est-ce qu'on nous a mis pour ça. Évidemment, il vaut mieux éviter les morts, sur les chantiers... Comme si on les avait tués exprès ! Franchement, il vaut mieux mourir en participant à l'aventure de la science que dans son lit. Je vous répète, ce que nous faisons ici est parfaitement inoffensif, ces manifestants sont manipulés.

— Alors en somme, ce sont des excités qui se sont monté la tête pour rien.

— Pour rien, exactement.

— Bon... réfléchissons un peu. Ça fait dix ans que vous êtes là, et c'est justement aujourd'hui que les Corses s'excitent, hum, comment vous expliquez ça ?

— Je ne sais pas moi, allez leur demander... fit Arpel, avec une pointe d'énervement, en faisant un geste vers un calendrier de chez Brücker, qui visait certainement, à travers le mur, la foule à l'entrée du CENC.

— Bon, supposez que le site du CENC doive être transformé en stockage de déchets nucléaires, je dis juste ça comme ça, hein, « supposons », est-ce qu'alors ça ne leur ferait pas une bonne raison de manifester ?...

Le directeur du CENC regarda Blanchot d'un air atterré : ce n'était plus Waterloo, c'était Sainte-Hélène.

— Merde alors, c'est pas vrai, ça devait rester secret... Oh là là, on peut plus rien faire maintenant, il y a des fuites partout. Qui est-ce qui vous a dit ça ? Il n'y a plus qu'à tirer l'échelle... Écoutez, c'est théorique tout ça, théorique... Des grands trous en béton au fond d'une montagne, il y en a plein : des abris antiatomiques, de vieux aéroports secrets à l'abandon, des bunkers nazis plein les Ardennes, etc., personne ne sait où on les mettra ces déchets. Les grandes cavités du CENC, c'est une hypothèse, juste une hypothèse, et ce n'est même pas pour demain. Moi j'abandonne, on ne peut rien faire sans que les Corses grimpent aux rideaux, y en a vraiment marre. Et qui vous a dit ça, d'abord ? Personne n'est au courant.

— Ah, secret de flic, je garde ça pour moi. Mais les vôtres, vos secrets, petits ou gros, il faut me les dire, tous.

— Mais il n'y a rien, rien, je vous dis.

— Ah si, il y a deux morts, un prix Nobel, tout de même, et votre fils « spirituel », mort aussi. Hum, alors pas d'autres secrets ? Bon, alors comment ça se fait que les Corses se pointent juste dans les jours qui suivent la mort de von Krutz, hein, dites-moi le rapport ? À mon avis, ils ne sont pas si cons, les Corses...

— Le rapport, quel rapport, que voulez-vous dire ?

— Quel rapport entre sa mort et la manifestation, c'est assez clair comme question, non ?

— Mais, je n'ai jamais songé, enfin, je ne vois pas... à moins, à moins, à moins que des Corses l'aient tué pour se venger de... du, enfin, des risques qu'on enfouisse les déchets.

— C'est déjà décidé, alors ?

— En guise d'avertissement, je veux dire... je ne sais pas. Vous savez, quand on a commencé à construire le CENC, il y a eu six attentats, ils voulaient absolument qu'on embauche des employés corses, comme pour le Club Méditerranée, ils voulaient absolument qu'il y ait une majorité d'insulaires, et juste quelques continentaux. Il a fallu leur expliquer que les Corses n'étaient pas très représentés en physique des particules, et qu'on pouvait tout au plus embaucher des cuistots ou des gardiens corses, mais qu'on ne pourrait pas embaucher des chercheurs corses, que ce n'était pas comme des G.O.

au Club. Oh là, là, qu'est-ce qu'ils l'ont mal pris ! On a été accusés de racisme, de les prendre pour des cons. Mais enfin merde, ce n'est pas compliqué, non ! S'il ne fallait prendre que des chercheurs cauchois au GANIL, ou que des Solognots à Orléans, on n'irait pas loin. C'est international, la recherche. Allez leur faire comprendre ça... ils n'en avaient rien à foutre. On a dû mettre une espèce de clause bidon, comme quoi on financera des bourses de recherche pour de jeunes étudiants corses, une sorte d'*affirmative action* à l'américaine. Ah, vive la Corse, j'vous jure.

— Les nationalistes ont seulement peur du chômage.

— Le nationalisme, c'est le chômage de la pensée.

— Ah... bon. Alors un avertissement, hum, le meurtre d'un prix Nobel ? Ce n'est pas un peu miteux comme argument ?

— Eh, ce n'est pas mon argument, c'est vous... c'est vous qui me demandiez... bordel, c'est vous le flic, on n'est pas dans *Columbo* ! Et « miteux », ça veut dire quoi un argument « miteux » ?

— « Miteux », vous ne savez pas ce que ça veut dire « miteux » ? Ça veut dire qu'il y a des trous dedans, et qu'on voit à travers.

— Ah bon, c'est nouveau, et qu'est-ce que vous voyez à travers mon argument ?

— Je vois deux choses, d'abord que l'enfouisse-

109

ment des déchets est sans doute déjà décidé. Et aussi, après tout, qu'on a bien pu tuer von Krutz justement pour ça, pour fermer le Centre et le transformer en site d'enfouissement.

Arpel s'étrangla :

— Quoi ! C'est quoi ce délire ? Alors là vous dépassez les bornes, c'est du *X-files*. Vous êtes complètement parano... Vous pensez qu'on aurait pu tuer von Krutz, juste pour fermer le Centre ? C'est pas miteux ça, c'est... c'est... y a pas d'mot !

— Mais oui, von Krutz mort, et Zweistein ensuite, les gens vont partir, le Centre sera maudit, ça finira bien par fermer. Vous croyez que le CENC va s'en relever de toutes ces histoires ?

— Le Centre « maudit » ? Qu'est-ce que c'est que ces conneries ? On fait de la recherche en physique fondamentale ici, c'est pas du vaudou, hein. On n'est pas là à clouer des corbeaux empaillés aux portes des labos... Le Centre « maudit », je rêve. Écoutez, que le Centre soit maudit ou pas — on ne sait jamais avec les Corses —, je ne peux pas vous croire, ce n'est pas possible. Et puis...

— Et puis quoi ?

— Écoutez, votre scénario ne tient pas la route, parce que...

— Parce que quoi ?

— Parce que von Krutz avait décidé d'arrêter ses expériences ; il avait eu son prix Nobel, ça lui suffisait, il voulait arrêter. Le Centre allait fermer de toute façon, on n'avait pas de raison de le tuer. Voilà, ça vous va ? Autant vous balancer le paquet...

— Ah tiens donc, et vous me disiez que vous n'aviez pas de secrets ? Bon, on en apprend de belles. Et « on n'avait pas de raison », c'est qui ce « on » ?

— Mais vous le savez bien, le CEA, l'ANDRA, la COGEMA... tous les organismes qui gèrent de près ou de loin l'enfouissement des déchets. Vous pouvez imaginer ce que vous voulez, vous pouvez être pour ou contre les ingénieurs des Mines et tout ce qui va avec, les grandes écoles, l'élitisme, le secret, le service de la patrie et tout le bataclan, mais une chose est sûre : ce n'est pas eux qui auraient mis un contrat sur un prix Nobel pour un malheureux trou dans une montagne pelée. Il y en a d'autres des trous, et même dans des endroits très beaux, on trouvera toujours à les fourrer ailleurs, et on s'arrangera pour bien faire chier les écologistes s'il le faut. On ne va pas commencer à défourailler des prix Nobel pour ça !

— Hum, j'aimerais vous croire. En attendant que j'aie tiré cela au clair, je vous prie de ne plus quitter la Corse.

— Vous allez m'arrêter ?

— Si vous passez aux aveux, sûrement, mais en attendant vous êtes salement suspect, et j'aime autant vous dire, depuis que je suis arrivé, je me désespère de trouver un suspect, alors je ne vais pas vous lâcher. Vous ne quittez pas la Corse, c'est entendu ?

— Des aveux ? Non, mais ce n'est pas sérieux... ?

Arpel regarda Blanchot les yeux écarquillés, en espérant deviner une expression d'ironie sur le visage du policier, et n'y trouva rien qu'un agacement profond.

— Vous voulez que je reste, OK, je reste, mais foutez-moi la paix maintenant, j'ai du travail qui m'attend.

— Oh pas tout de suite, ça attendra bien encore un peu, avec ou sans neutrinos, la fin du monde n'est pas avant cinq ou dix milliards d'années ; c'est ce que m'a dit Loïc Zweistein, un peu avant de mourir, alors... vous pouvez bien me consacrer cinq minutes de plus. Expliquez-moi : Claudia Verdier, pourquoi est-elle chef d'entreprise ?

— Cette grue ? Qu'est-ce que ça vient foutre ? Elle est chef d'entreprise pour pouvoir donner des cours à la fac, et alors ?

— C'est normal ?

— Normal, normal... oui, enfin, dans le contexte, il n'y avait pas d'autre solution, elle était au chômage. Encore heureux qu'elle puisse travailler.

— Vous ne pouviez pas intervenir auprès de la direction pour qu'on l'embauche, sans avoir un emploi principal...

— Ah, ah, vous plaisantez, c'est l'université d'Aix-Marseille, sur le continent. Si on avait été en Corse, oui, sûrement, j'aurais pu la faire embaucher, ah, ah, sûrement, mais l'administration, dans l'enseignement public, vous ne savez pas ce que c'est...

— Et personne ne fait rien contre ce type de situations ?

— Mais c'est *peanuts*, ça, ce n'est rien par rapport à tous les autres problèmes. Et puis, on l'a réglé, son problème : elle est chef d'entreprise, on l'emploie comme consultante, vous voyez, on a traité son cas au mieux. Qu'est-ce qu'on peut faire de plus ?

— Je ne sais pas trop ; mais pour les meurtres qui ont eu lieu chez vous, essayez d'en faire un peu quand même. Si j'apprends que vous m'avez encore caché quelque chose, je vous arrête. Vous ne quittez pas la Corse, hein ?

— C'est entendu.

Ce qu'en pense l'assassin

Cette fois, j'ai eu chaud. Le petit con n'aurait pas dû fourrer son nez là-dedans. J'ai bien fait de me méfier. D'abord, il a été le premier à retourner sur la manip ; mauvais signe ça ; il aurait dû être ému, laisser tomber ses recherches, quitter le labo même... après tout, il était un très proche collaborateur du patron. Au lieu de cela, rien, pas une larme, il a juste attendu deux ou trois jours, à peine, et s'est précipité sur les résultats du jeudi.

Ça, je dois le dire, je ne l'avais pas prévu, je croyais les connaître, les gens du labo, je pensais qu'ils étaient gentils, tous ; une famille, une grande famille qu'on disait, et qu'ils seraient tout déboussolés par la mort de von Krutz. Comme on se trompe, parfois. Et lui, je pensais qu'il serait le plus touché, et au lieu de cela, nib, que dalle, il est retourné sur sa manip comme si de rien n'était, à mon avis, il y est même retourné avec une joie supplémentaire : il serait plus vite responsable en chef.

On le sentait depuis un moment, hein, qu'il voulait devenir le chef, c'est l'aubaine pour lui — je ne pensais pas que ça pouvait en arranger à ce point-là, que je tue von Krutz, et puis surtout, il y avait les résultats du jeudi, il allait peut-être pouvoir faire une nouvelle publication. Y a que ça qui l'intéresse. J'ai bien vu, quand il a commencé à dépouiller, que ça le faisait jouir que les résultats soient si différents. « Ça doit être à cause des nouveaux détecteurs », ah là là ! Il a gobé ça immédiatement, quel imbécile. Que von Krutz ce soit planté, au fond, ça lui faisait bien plaisir. Il a suffi que je dise : « Ça doit être à cause des nouveaux détecteurs », et il s'est enfoncé dans la tranchée, creusant de plus en plus profond son sillon. Un suicide, qu'il m'a dit. Un suicide... ça l'amusait cette idée. « Oui, oui », j'ai fait semblant d'être d'accord.

Un peu trop drôle pourtant, trop romanesque, il aurait pu faire gaffe, il y a des choses avec lesquelles on ne plaisante pas. En tout cas, moi, je ne rigole pas... Et lui, il n'en rigolera plus non plus.

Et après cela, il s'est précipité pour raconter tout ça au flic, et que ce pouvaient être les détecteurs, il l'a répété, comme si cela venait de lui. Faut toujours qu'il se mette en avant, c'est toujours eux les premiers, c'est toujours *leur* idée, à ces mecs. Toujours là quand il y a une bonne occasion de se faire mousser, oui. Quels salauds.

À la limite, heureusement qu'il s'est précipité

pour dépouiller l'expérience de jeudi, ça m'a fait comprendre mon erreur. Une faute, oui, une toute petite faute, mais réparée, ouf, juste à temps. Et puis lui... tant pis, tant pis pour lui. Il n'avait qu'à pas fouiller dans cette direction-là, si vite, si tôt. Ça lui apprendra, enfin, si on veut, il n'apprendra plus rien maintenant. C'est pas grave, dans un temps, tout le monde s'en foutra. Von Krutz a fait à peine un petit rond dans l'eau, en tirant sa révérence, Loïc il ne percera même pas la surface, comme ces moustiques qui glissent par capillarité sur les étangs. Comme un moustique oui, un vil moustique que j'ai écrabouillé, ah ! ah !, bien écrasé, ce misérable insecte.

Maintenant, c'est bon, il n'y a plus que moi, il n'y a plus que moi qui sais, et personne n'en saura rien, jamais, jamais. J'ai gagné. Il peut toujours chercher, le Blanchot, avec le QI qu'il affiche — est-ce qu'il a le bac seulement ? —, ils les recrutent à quel niveau les inspecteurs de police ? Ah, ah ! quel con lui aussi, il ne risque pas de comprendre, tous des tarés à mon avis. Les petits meurtres merdiques entre voyous, c'est bon pour eux, c'est ça leur niveau, mais là, *adios*, tu peux te fouiller, Blanchot, j'ai tué Zweistein, et c'est fini pour toi, tu n'as pas une chance, parce que en plus, j'ai tout effacé, j'ai écrasé Zweistein, et ensuite, j'ai écrasé son disque. Ah, ah, oui, c'est bien ça, je les ai réinitialisés, tous les deux, Zweistein surtout, je l'ai réinitialisé à mort, à coups de marteau.

Il n'y a plus rien, plus rien à trouver pour te mettre sur la voie. Il se croyait malin, Loïc, plus malin que les autres, eh bien voilà, entre quatre planches, tu me diras s'il a pas l'air fin. Alors toi, Blanchot, ne te crois pas plus malin que Zweistein, je te le conseille, parce que je te réinitialiserai aussi, si l'envie m'en prend, et tu seras dans le même temps effacé des mémoires, de toutes les mémoires.

L'auteur

— Dis donc Blanchot, il y a un gars en bas qui demande à te voir.

— Un gars, qui ça ? Sans rendez-vous ?

— Un gars avec un nom alsacien, ou juif, Meyer, il s'appelle.

— Ah tiens, Meyer... Vincent Meyer ?

— C'est ça, oui.

— Je vais le recevoir, fais-le monter.

Blanchot resta seul quelques secondes dans son bureau de fortune du commissariat central de Corte, en jetant rapidement un coup d'œil autour de lui, pour être sûr que la police nationale ne donne pas trop mauvaise impression. Il y avait les murs décrépis, bien sûr, qu'il n'aurait certes pas le temps de repeindre pendant le temps que j'allais monter les trois étages jusqu'à son bureau, mais enfin... il avait gardé sans doute un mauvais souvenir de ce que j'avais dit de son bureau au Quai des Orfèvres[1], et souhaitait ardemment s'en tirer un peu mieux cette fois, si d'aventure il me prenait l'envie de reparler de lui.

Je ne peux pas lui reprocher d'avoir voulu enjoliver son bureau, mais il faut être honnête : le résultat était un peu piteux, et malgré quelques piles qu'il eut le temps de redresser, quelques vieux papiers gras de sandwichs inachevés, qui n'étaient probablement même pas de la veille, qu'il tassa au fond de la corbeille à papier, son bureau, son appentis devrait-on dire, gardait tout d'un poste de douane perdu au fin fond d'un pays du tiers-monde, à une frontière de principe entre pays frères, comme par exemple à El Chuy, où se touchent, s'entremêlent plutôt, le Brésil et l'Uruguay des deux côtés d'une pampa pelée.

Quand j'entrai dans son bureau, il était en train de flatter la crosse de son magnum comme on caresse un chat, avec un geste tendre qui vous laisse le temps de réfléchir à autre chose. Puis il fit exagérément semblant de sortir de sa torpeur et poussa comme un cri méridional :

— Meyer ! Vous ici, quelle surprise, si je m'attendais. Alors comment allez-vous ?

— Mais très bien, et vous-même ?

1. Voir *Rails*, Gallimard, Série Noire.

L'échange de platitudes se prolongea un peu et dépassa trop les limites du racontable pour qu'il vaille la peine de s'étendre dessus ici. Mais après ces amabilités de circonstance, je lui appris que je passais mes vacances en Corse, à Cargèse, où l'un de mes amis, le psychiatre-psychanalyste Mizrahi possède une maison au bord de la mer, dans les calanques de granit rose — qui sont d'ailleurs un patrimoine de l'humanité.

*

Mizrahi, c'est un de mes plus vieux potes, du lycée. J'ai encore sur la joue droite la cicatrice du petit trou qu'il me fit au visage en me tirant dessus dans un combat homérique au *pneuma-tir*, nous devions avoir douze ans, guère plus, et je crois bien que ces armes à air comprimé sont interdites aujourd'hui. Je suis pour toujours sa principale victime : il m'a eu en plein visage, cette cicatrice en est la preuve formelle, et, si elle a bruni avec le temps, si bien que tout le monde pense en la voyant qu'il s'agit d'une bête tache de rousseur, lui et moi nous sommes les seuls à savoir qu'il m'a eu en combat singulier et que je suis donc son obligé. Blague à part, heureusement que le petit plomb ne m'est pas rentré dans l'œil : je serais probablement borgne à l'heure qu'il est, et ce serait autrement plus embêtant.

Au lycée, nous avions formé un groupe de rock, tendance pétard révolté, dont le nom était « Petit-pois et les Extra-fins ». J'étais Petit-pois, et Mizrahi extra-finait à la batterie. Nous chantions des chansons vaguement surréalistes à consonances végétales, un peu fruits-et-primeurs et « voyez mes muscles, je fais les caisses aux Halles ».

Sur la lancée de « Petit-pois et les Extra-fins », nous avions composé une chanson-calembour intitulée *Harry K.O. et les sales six filles*. Bon, c'était un peu débile, mais enfin, ça chauffait l'ambiance dans la chapelle du lycée, que l'aumônier avait bien voulu nous prêter pour nos premiers concerts. Les filles et nos camarades de classe, qui étaient de mèche, nous jetaient des feuilles de salade pour plaisanter, et, à la fin des concerts, la scène — enfin, l'estrade plutôt — avait l'air d'un caniveau de marché au moment où les marchands achèvent de remballer, comme le samedi vers treize heures, place Maubert, à Paris cinquième.

Le refrain de la chanson ne disait que cela : « Harry K.O. et les sales six filles », répété une douzaine de fois sur des riffs à 60 dB que je glissais en dérapages incontrôlés sur ma Fender Stratocaster ; je l'avais achetée en bossant un été au Crédit Agricole, comme tamponneur de chèques (car à l'époque, on devait tamponner à la main tous les chèques remis aux guichets, avec un tampon qui indiquait la date, le code de l'agence et l'heure de re-

121

mise). Avec la Fender, je m'étais payé un peu de légende ; avec les Extra-fins, on se donnait seulement quelques bons souvenirs. Il faut bien avouer que la Stratocaster était salement surdimensionnée par rapport à mes maigres aptitudes comme guitariste. Enfin ! Des fois, quand il m'appelle, Mizrahi me dit encore : « Salut, Petit-pois ! » et je ne lui en veux pas, bien au contraire.

*

Ayant pris l'initiative de venir à la rencontre de Blanchot, je me lançais sciemment dans ce nouveau projet : essayer de comprendre, puis de raconter, le meurtre du prix Nobel Guillaume von Krutz, et tous les événements qui s'ensuivirent.

J'appris par Blanchot quelques détails de l'affaire, et la jugeai suffisamment intéressante, comme la précédente, pour y réfléchir. En particulier, Blanchot m'expliqua que la seconde victime écrivait des romans policiers, ce qui m'intéressa bien :

— Vous savez, la deuxième victime, le jeune gars qui travaillait avec von Krutz, à ses heures il écrivait des romans policiers. Il en avait déjà publié deux, je crois. Ça devrait vous intéresser, non, vous qui êtes de la partie.

— Oh, vous savez, ce n'est pas tout à fait la même chose, moi, j'écris bien des histoires policières, mais c'est un peu par hasard, mes histoires sont inspirées de la réalité, ce sont plutôt, comment dire, des sortes de reportages littéraires, plus que des romans.

— Ah bon, ce n'est pas ce qu'il m'avait semblé. Moi j'aurais appelé cela plutôt du roman.

Assez malin, Blanchot, finalement, pour m'envoyer une vacherie. Il n'avait sans doute pas du tout aimé le traitement que je lui avais infligé dans le récit de l'affaire Petitpas, et en profitait, avec ses faibles moyens, pour me régler un compte au passage. Mais je ne lui en veux pas : c'est bien humain.

L'occasion de m'intéresser à cette nouvelle affaire était d'autant meilleure que j'avais Mizrahi sous la main, et que l'avis d'un spécialiste des fous me semblait utile pour aborder cette enquête. Bien sûr, si j'associai d'abord, presque immédiatement, les scientifiques et la folie, c'était non par instinct, par une espèce d'anticipation extralucide du dénouement de l'affaire, mais bien par faiblesse, me laissant envahir par les poncifs habituels : savant Cosinus, savant fou, docteur Folamour, Mengele, j'en passe et des pires.

Blanchot accepta de me donner quelques détails, rien de bien confidentiel ; j'en avais lu l'essentiel dans les journaux, et découvrant par hasard que Maurice Blanchot avait reçu pour mission, depuis Paris, de résoudre cette affaire, je m'étais décidé à venir lui rendre cette visite. Je ne l'avais pas revu depuis la mort tragique de Petitpas.

*

De retour à Cargèse, je m'empressai de raconter le topo à Mizrahi, sur la plage.

— Dis donc Mizrahi, cette histoire, c'est règlement de comptes à Corte-Coral ?

L'honnêteté m'oblige à dire que, sur le moment, je n'avais pas trouvé de meilleure entrée en matière. Elle est un peu nulle, j'en conviens, et j'aurais pu, au moment de me décider à écrire cette histoire, arranger de-ci de-là quelques détails, trouver en lieu et place de ce « règlement de comptes à Corte-Coral » quelque chose de plus brillant, édulcorer ma propre langue ou les réactions de mes amis, mais j'ai jugé à la réflexion qu'il convenait, pour que mon récit garde une part de réalisme, que j'y laisse ces quelques verrues si, en effet, elles avaient fait partie de la réalité.

— Tu sais, il y a des assassins partout ; c'est une idée fausse, mais répandue, que de croire que les meurtriers des assises ne sont que des truands et des voyous. Il y a de tout. Même dans les bonnes familles, on atteint au sordide, voire au meurtre. Maintenant, les scientifiques sont un peu particuliers...

— Ah là là, tout le monde dit cela, et personne ne sait dire exactement en quoi.

— Écoute, ce n'est pas trahir le secret professionnel, moi j'en ai eu deux ou trois en analyse, et des connus, je ne te dirai pas qui, bon ça m'a aidé à me faire une opinion. Par exemple, les scientifiques sont habitués à calculer, à tourner un problème dans tous les sens, et à lui chercher une solution. Seulement, lorsqu'on cherche une solution scientifique à un problème, on trouve toujours une solution *scientifique*. Malheureusement, tous les problèmes n'ont pas une solution *scientifique*.

— Il y a même des problèmes qui n'ont pas du tout de solution... osai-je sentencieusement.

— Regarde Heisenberg, certainement l'un des trois ou cinq plus grands physiciens de l'histoire de l'humanité. Il a inventé la mécanique quantique, c'est dire. Bon, à partir de 1933 et jusqu'à la fin de la guerre, il a été de plus en plus mouillé avec les nazis. Pourquoi ? Il a cherché par tous les moyens à calculer ce que faisait Hitler, à trouver une faille lui permettant de rester en Allemagne, et de préparer la relève scientifique pour quand la guerre serait perdue. Je crois que les historiens s'accordent sur le fait qu'il pensait bien que Hitler perdrait la guerre. Mais il s'est obstiné, lui, le plus grand physicien de l'époque, à rester en Allemagne pour soi-disant préparer l'après-Hitler. Seulement quand on passe dix ans au sommet du complexe militaro-industriel de l'Allemagne nazie à préparer l'après-Hitler, on se retrouve salement mouillé. Goudsmit, un savant juif, lui a demandé d'intervenir pour que ses parents ne soient pas déportés ; il a répondu « qu'il ne pouvait rien faire », que « c'était trop tard » ; il savait bien ce que ce « trop tard » signifiait, et il est resté, lui, en Allemagne, alors que tout le monde lui demandait de fuir, de montrer l'exemple de la résistance à Hitler. Voilà le problème Heisenberg : il se croyait assez intelligent pour trouver une façon digne de traverser le nazisme. Eh bien non, c'était de la pure connerie de sa part, une vanité portée jusqu'à la boursouflure. On a des textes de ce génie, dans lesquels on lit avec consternation une extrême intelligence décortiquant dans le détail sa propre manière d'agir, de se penser, de se poser, face aux problèmes créés par le nazisme, comme s'il s'agissait d'une affaire intellectuelle, rationnelle. Il n'y a pas de réponse scientifique à quelque chose comme le nazisme sauf celle-ci : la guerre totale.

Bon, heureusement, tous les scientifiques ne sont pas du niveau de Heisenberg, ils ne sont pas tous, comment dire, écrasés par leur intelligence. Le problème des Heisenberg, pour paraphraser Brel, c'est qu'ils peuvent parfois être intelligents et cons à la fois, même une heure seulement. Pour ce qui est de la décision de rester ou non sous la botte de Hitler, cela ne relevait pas de la rationalité, mais des couilles, enfin je veux dire, qu'il fallait simplement avoir des couilles, et ne pas se poser trop de questions. Tu me diras, parfois, on peut rationnellement être conduit à avoir des couilles, mais ce n'est rationnel que collatéralement, qu'incidemment, l'important c'est les couilles. Sous l'Occupation, il y en avait qui avaient des couilles parce que leur analyse de la situation les conduisait à en avoir, et d'autres, peut-être moins scolaires, qui avaient des couilles tout court, si j'ose dire, et c'étaient sûrement les plus nombreux.

Et je ne t'ai encore rien dit des cas que j'ai pu analyser moi-même. Ils sont symptomatiques.

La principale difficulté des scientifiques, à mon avis, c'est leur impossibilité à contextualiser. Ce sont des gens qui « bondissent » immédiatement sur le truc qui les touche, qui les concerne, auquel ils ont déjà pensé, etc. Ils n'arrivent pas à se mettre à la place d'un autre, parce que, comment dire, dans leur tête, leur aptitude à penser prend toute la place, enfin, une grosse place, disons.

Les scientifiques sont souvent des gens qui ont été tannés par leur parents, par leurs profs, par eux-mêmes, ils ont tellement cravaché pour réussir qu'ils ne sont plus capables de mansuétude, de compréhension, de tolérance.

Et puis aussi cette impossibilité, ou cette difficulté à se mettre vraiment à la place d'un autre.

Voilà le genre de forme que cela prend. Un auteur va écrire un livre sur un sujet, disons de vulgarisation scientifique. Paf, les autres vont maugréer, que le gars ne les cite pas, qu'il déforme leurs travaux, qu'il s'approprie tel domaine scientifique, comme si le neutrino, le quark ou n'importe quoi d'autre pouvait être la propriété d'un autre physicien.

Les scientifiques sont implacables : leur structure mentale est la bonne, par essence, et elle doit donc s'appliquer au monde. Regarde, dans mon domaine, les recherches sur l'imagerie du cerveau. Bon, c'est très joli, on peut observer avec des appareils à IRM les parties du cerveau qui s'allument et qui s'éteignent lorsqu'un patient fait ou pense quelque chose. Ça donne de belles cartes du cerveau avec de jolies couleurs. Tiens, le monsieur pense « pomme », ça s'allume ici, le monsieur pense « marcher » et ça s'allume là. *So what ?* Évidemment, cela précise un peu où se passent les processus mentaux, et, si on détecte une grosse tumeur, tant mieux. Mais ces chercheurs demandent, espèrent toujours plus de résolution, ils espèrent arriver à une image encore meilleure, avec encore plus de détails ; je ne sais pas ce qu'il veulent — descendre jusqu'au neurone, sans doute — alors que leur résolution est déjà supérieure à l'image qu'ils voient, c'est-à-dire qu'ils savent déjà que les cartes de fonctionnement du cerveau au moment d'un processus mental sont très étendues, qu'elles mettent en cause des millions de neurones pour la moindre pensée. Est-ce vraiment dans les neurones qu'on va comprendre la pensée ? On peut en douter. Ce n'est pas « pomme » ou « marcher » qu'il faudrait demander aux cobayes. C'est plutôt « pensez que vous avez peur de mourir » ; on va bien voir quelque chose s'allumer, et ça nous apprendra quoi, sur la peur de mourir ? Ou bien telle femme, qui a été violée par son père dans son enfance, on lui demandera de penser « inceste », on verra une grosse tache sur l'écran, peut-être plus grande que pour une femme normale... et alors ? Un jour, je discutais avec un physicien scientiste qui pensait réduire toutes les maladies mentales à de la chimie. Impossible de l'en faire démordre ; il y a quelques spécimens, j'te jure...

J'essayais de lui décrire le cas suivant, c'est une histoire vraie. Un gars va en prison ; il fait cinq ans de taule. Ensuite, pendant dix ans, il pleure systématiquement devant la télévision, dès qu'il y a quelque chose de triste. Je l'ai en analyse, pas pour ça, pour des trucs plus graves. Bon, au passage, on découvre pourquoi il pleure à chaque fois qu'il voit quelque chose de triste à la télévision : parce que pendant des années, il a vu sa famille toute triste, derrière une vitre en verre, au parloir. Ça lui a construit une espèce d'association dans sa tête, entre le chagrin absolu et la présence d'une vitre. Quand il voit quelque chose de triste à la télé, il a l'impression, ou ça lui évoque... enfin, c'est difficile de comprendre exactement ce qui se passe, il perçoit de la tristesse à travers l'écran, c'est-à-dire à travers une *vitre*. Ça ne le faisait pas pleurer, en prison, parce qu'il fallait être fort, assurer pour survivre ; mais une fois dehors, il pleurait systématiquement. C'était comme une soupape qui avait pété ; pourquoi celle-là, pourquoi comme ça, pourquoi inconsciemment ? Va savoir. Au moins sur le divan, on a compris comment ça lui était arrivé. Figure-toi qu'en rentrant chez ses parents après la taule, le premier film qu'il a vu à la télévision c'était *État de siège* de Costa-Gavras. Ça se passe en Argentine ou au Chili, pendant la junte militaire ; il y a des scènes dans un pénitencier où des prisonniers politiques parlent à leur famille par téléphone, de part et d'autre d'une vitre. Voilà, c'est comme ça qu'il a fait le transfert prison-télévision. Enfin, c'est pas vraiment un transfert, mais bon.

Qu'est-ce que ça peut nous apporter, l'IRM du cerveau dans des cas comme ça ? Qu'aurait-on vu, si on lui avait demandé de « penser » son chagrin devant la télé ? Et tout ce foin qu'on fait autour de ça, ça siphonne tous les crédits, tous les étudiants, il n'y a plus que cela de valable, l'IRM du cerveau.

Difficile de croire, au bout d'une dizaine de minutes de cette conversation, que nous étions sur la plage. Il faisait chaud, le soleil s'attardait sur les corps, et Mizrahi, tout en parlant, laissait son regard frotter les jambes et les seins des filles qui passaient devant nous en marchant d'un air distrait. Sur cette plage, évidemment, il y avait quelques vieux mateurs, mais Mizrahi regardait les femmes sans mater, c'est-à-dire sans aucune intention libidineuse. Pas tout à fait aucune, pour être sincère, car au bout de quelques efforts pour attraper sa paire de lunettes de soleil qui traînait près de la glacière en plastique, il remarqua à une vingtaine de mètres les fesses rebondies d'une jeune femme plus attirante que les autres. À cet instant précis, c'est le mouvement de ses doigts qui avait attiré l'attention de Mizrahi : la jeune femme usait de ses deux mains pour rouler dans son dos, dans le bas de ses reins, son slip de maillot de bain de sorte qu'une fois roulé il ne restât qu'un fin boudin de tissu mouillé qui disparut complètement, au grand étonnement de Mizrahi, dans la raie des fesses. Il ne restait qu'un minuscule triangle de tissu, au niveau de la demi-lune, qui semblait appliqué sur le haut des fesses comme un autocollant. Mizrahi à ce moment-là matait, c'est vrai, sa respiration alourdie en témoignait. Il ignorait, évidemment, qu'à cette seconde lui était donné à voir le spectacle précis dont Blanchot aurait pu profiter la veille, mais qu'un sursaut de conscience professionnelle l'avait empêché de contempler. Un peu plus tard, dans d'autres circonstances, Blanchot allait lui aussi avoir l'occasion de regarder ces petites fesses si jolies que Claudia Verdier mettait au soleil régulièrement, pour qu'elles prennent un teint hâlé, comme on les aime.

— Tu sais, moi ce qui me gêne dans la science, ce n'est pas tellement l'arrogance éventuelle des scientifiques. C'est plutôt le rapport étrange qu'elle entretient avec la mort. Pris comme ça, individuellement, les scientifiques ont tous l'air d'être des « gentils », ce ne sont, à les entendre, que d'inoffensifs nounours. Mais c'est fou, quand on regarde l'histoire, le nombre de morts qu'on trouve dans le sillage de la science. À Blois, dans la maison de Léonard de Vinci, se trouve affichée, en caractères géants, la lettre que Léonard a adressée à François Ier, son CV en quelque sorte, et ses prétentions. Du début à la fin, c'est une longue litanie de projets d'armes massacrantes et « propres à inspirer la terreur » aux ennemis de François Ier que Léonard est très fier d'avoir inventées, et de lui proposer sur un plateau, dans l'espoir d'une embauche. Ce n'est qu'à la fin, presque négligemment, qu'il indique au roi qu'il est aussi bon pour faire des portraits, et qu'il pourra aussi peindre des toiles pour lui. L'histoire est pleine d'exemples de ce genre. Évidemment, je ne parle même pas du nucléaire, là c'est tellement flagrant. Qu'est-ce que ça les faisait bicher les Feynman et les Oppenheimer, de construire la bombe atomique. Évidemment, il y avait le contexte de la guerre, la lutte contre le nazisme, les pays occupés à libérer, etc., ça pourrait expliquer des choses, mais même après la guerre, alors qu'il n'y avait plus aucune hostilité, il y a eu des physiciens français ou soviétiques pour faire la bombe dans leur pays comme si de rien n'était, alors que là, vraiment, il n'y avait plus grand-chose pour en justifier la construction, sinon le patriotisme et des conneries de ce genre. Parce que, franchement, la crainte du capitalisme, ou, *a contrario*, du communisme, ça n'était pas une justification à la hauteur de la construction de ces armes terrifiantes. Le nazisme, les camps de concentration, tout ça, à la rigueur. Je ne dis pas que j'aurais fait la bombe contre Hitler, mais enfin, le débat est ouvert, là : il y a une espace de discussion, comme on dit. Mais après la guerre, pour quelle raison l'ont-ils faite ?

— Pour de Gaulle...

— Le gaullisme ? Arrête, est-ce une idée assez forte pour justifier la construction d'une bombe atomique ? À mon avis, ils l'auraient faite pour n'importe qui, je ne sais pas moi, pour Lecanuet par exemple...

— Même pour Méhaignerie...

— Ah ah, oui, tu as bien raison, on peut parier qu'ils l'auraient faite pour Méhaignerie. Parce que la paix... bon, comme argument, c'est un peu nul. Il y a d'autres façons d'obtenir la paix que par la terreur. Et toutes ces histoires des années 1950, le complexe militaro-scientifico-industriel, la guerre froide et tout ça, on en voit les résultats aujourd'hui, le Président fait péter ses essais dans le Pacifique sur l'avis de supposés experts scientifiques, et on passe pour des cons auprès de la terre entière. C'est bizarre qu'autant de temps après la guerre, de Gaulle et tout ça, ils ne se rendent même pas compte de l'effet que ça fait auprès de pays comme l'Australie ou la Nouvelle-Zélande, qui sont tellement plus avancés que nous en matière d'écologie, d'environnement, de respect de la nature, etc. Il n'y a personne pour les renseigner ? Il n'y a pas des gens dans les délégations diplomatiques qui pondent des notes pour éclairer les ministres sur ce qu'on pense des Français dans le Pacifique ? On prétend faire la leçon au monde entier, sans se rendre compte du grotesque dans lequel on s'enfonce. Le pire, c'est qu'on se vante, alors qu'on ferait mieux de s'écraser.

Mais même sans aller chercher dans le nucléaire, regarde un gars comme Hubble.

— Hubble, le télescope de Hubble ?

— Oui, c'est ça, Edwin Hubble, le gars du télescope. C'était un grand astronome, c'est lui qui a découvert que les « nébuleuses » étaient d'autres galaxies, équivalentes à la nôtre, et donc qu'il y avait des millions, peut-être des milliards d'univers-îles, comme on les appelait, semblables aux nôtres. Et pas que ça, il a montré que toutes les galaxies s'éloignaient les unes des autres ; le Big Bang, rien que ça, c'est lui qui a montré que l'Univers était en expansion, tu vois le niveau, c'est cosmologique, c'est énorme... vraiment énorme, on ne peut pas faire plus... comment dire... plus divin, comme découverte. D'ailleurs, le théoricien du Big Bang, c'était un curé, l'abbé Lemaître, il était prof à l'Université Catholique de Louvain, une gloire catho... Eh bien ce gars, Hubble, il a été embauché par l'armée américaine, pendant la guerre de 1940, pour organiser les recherches en balistique de l'armée ; eh oui, c'est que l'astronomie, ça utilise les théories de la gravitation, et la balistique aussi. Ce sont des sciences, dans le détail des calculs, assez proches. Résultat, ce gars qui avait tout l'univers dans sa tête, qui était le premier à avoir embrassé avec un regard de cette dimension l'histoire du Tout, ça ne le gênait pas de mettre tout son savoir au service de la fabrication des bombes. Il a même été décoré a la fin de la guerre pour la qualité de ses travaux en balistique. Il a fait son boulot, en quelque sorte, aussi patriotiquement que les autres, et aussi bien qu'il a pu, plutôt mieux que les autres, même. Il pouvait avoir une infinité de galaxies dans la tête, et des frontières rasibus au bout de son nez. On peut se demander pourquoi il n'était pas devenu pacifiste à outrance, poète, ou ermite ; oui, on peut se le demander. En tout cas, c'est une erreur de croire que la science rend doux et insouciant. Ce n'est tout simplement pas vrai, les scientifiques sont même plutôt plus mesquins que la moyenne, à mon avis.

J'ai lu dans un livre sur l'éthique des sciences une phrase assez marrante : Einstein, quand il inventait la relativité, il était à la poursuite de la vérité, puis il a essayé d'enrayer les conséquences militaires de sa découverte, et là, c'est la vérité qui l'a poursuivi le reste de sa vie. C'est pas mal trouvé, non ?

— Tu as raison, avec cette histoire de proximité entre la science, la physique et la chimie surtout, et la mort. Le fondement de la science, c'est de mettre une équation derrière ce qui est, c'est-à-dire, justement, de réduire la part de vivant, de comment dire, de l'essorer, de la rincer de ce qu'elle a d'étincelant, ou d'humain, enfin, je ne sais pas comment dire. Ici sur la plage, c'est pas évident de réunir trois idées, quand on voit ce qu'on voit. T'as vu la nana là-bas ? Putain ce cul ! Attends, ne regarde pas tout de suite... Elle a son maillot roulé dans le cul, dis donc. C'est ça qu'on appelle porter son maillot à la brésilienne non ? Faudra que j'aille passer des vacances à Rio, et que je m'achète un slip en zinc ; quand on voit ça, vaut mieux être équipé. Oh, il y a un mec qui approche, attends, ne regarde pas, tiens, prends les lunettes de soleil de Jeanine, là, dans le sac, ça sera plus discret. Elle sort avec un vieux, la salope...

— Moi ce que je n'aime pas, surtout, c'est que les scientifiques, bizarrement, sont hors-la-loi, complètement. Je ne sais pas, ils bénéficient d'une espèce d'immunité suprême, sacrée. Il y a une espèce de fossé entre ce qu'ils font et les conséquences, qui semble imposer leur irresponsabilité comme une évidence. Moi, ça m'a toujours paru bizarre. Ça fait un peu alibi tout ça. D'ailleurs, on le voit bien. Quand un chercheur fait vraiment une connerie, plagiat ou fraude par exemple, ça ne relève d'aucun tribunal, tout le monde est embarrassé, il faut désigner des comités d'honneur, etc., rien n'est prévu. Regarde l'affaire Sokal. Si vraiment les gens attaqués par Sokal — Lacan, Kristeva, Virilio, etc. — étaient des imposteurs, pourquoi ne pas les traîner en justice ? Ah ben non, ce n'est pas possible, ce n'est pas comme ça que ça marche, « on peut se tromper », « un clou chasse l'autre », etc. D'ailleurs toute l'affaire Sokal va dans le même sens : on n'a jamais vu des gens à ce point animés d'une pulsion de mort. Tu as vu leur bouquin ? Des têtes de chapitres qui sont les noms de personnes désignées à la vindicte, épinglées comme des papillons. Ce n'est pas terrible, comme façon de faire. Mais ça ne les gêne pas, ils sont sûrs d'eux, en bons physiciens. Ils ont forcément raison, forcément. Il faut vraiment être scientifique pour écrire un bouquin aussi meurtrier.

— Non tu dérailles, là, ce n'est pas parce que ce sont des scientifiques qu'ils agissent en meurtriers, c'est parce que ce sont des hommes, des mecs avec des couilles, et la testostérone qui vient avec. À mon avis, on n'aurait jamais vu des femmes se mettre à deux et bosser pendant des mois pour écrire un dégueulis comme ça. Ils passent leur temps à contester que les hommes soient plus violents que les femmes, mais à mon avis, leur livre est la preuve, non pas vivante, mais disons, imprimée, du contraire.

— Admettons pour l'affaire Sokal, mais toute cette démission des chercheurs devant leurs responsabilités, tu sais à quoi ça me fait penser tout ça : à l'affaire Festina ; les cyclistes peuvent se doper à mort, tromper la terre entière, leurs camarades cyclistes, les sponsors, les journalistes, les spectateurs, leur propre mère et se foutre des millions dans la poche, au bout du compte, « c'est pas de leur faute », « ce sont des victimes du système », ça s'est fait « à l'insu de leur plein gré... », etc. C'est lamentable, cette démission.

Moi, je soigne des toxicos ; pour une malheureuse seringue, ou pour un vol à la tire, ils se font tabasser, sevrer de force puis foutre en taule. On les humilie devant leurs familles, on essaie de les dresser comme des chiens. À côté de ça, ces connards de cyclistes peuvent pourrir la jeunesse, on leur tend un micro pour qu'ils racontent leur malheur sur toutes les chaînes. C'est vraiment nul. Bon évidemment, les scientifiques n'en sont pas là, ils ne cherchent pas à se faire du blé, au contraire, ce sont des gens désintéressés, mais enfin, pour ce qui est de leurs responsabilités, on sent un peu la fuite.

— Tu charries un peu, avec cette comparaison. Les physiciens sont quand même plus respectables que les cyclistes dopés et leurs maquereaux. Ils rendent des services à l'humanité, et ils sont mal payés. Ils contribuent à la culture ; les mecs sur leur vélo, dopés comme ils sont et courant après des cachets mirobolants, ce sont de vraies putes et rien de plus. On n'en est pas là en sciences, heureusement. Sans parler des journalistes complaisants qui leur ouvrent leur micros. Je me souviens d'une étape du Tour de France, les commentaires, c'était dans le genre : « C'est surhumain ce que vient de faire Alex Zulle. » Ah, ah, « surhumain », oui, c'est le mot juste.

— Oui, oui, d'accord, mais pour l'aspect responsabilité, pour cet aspect-là seulement, on est bien obligé d'admettre qu'il y a une sorte d'inconscience ou d'insouciance collective. Regarde les escargots : des chercheurs ont modifié le patrimoine génétique de l'escargot pour qu'ils soient plus gros. Je ne sais pas de combien, genre moitié plus gros. C'est pratique, évidemment, avec des escargots plus gros, il y a plus à manger, et les producteurs d'escargots ont de meilleurs rendements. Qui les en a empêchés ? Personne, ils ont fait un escargot plus gros, ça remplacera les escargots qui existaient ; peu à peu, sans doute, les petits escargots disparaîtront, et c'est tout. Ils se croient tout permis. Il paraît que dans un laboratoire, on est en train de mettre au point la vache qui produit de lait de chèvre. Non, non, ne rigole pas, c'est vrai, j'ai vu ça dans un congrès. Tu comprends l'idée : les chèvres, ça ne produit pas des masses de lait, les rendements sont nuls, les fromages sont chers, il faut élever plein de biquettes ; c'est la barbe. Bon, évidemment, si on fabrique une vache qui produit du lait de chèvre, on aura une production énorme, le Crottin de Chavignol sera au prix du camembert Président et youpi, on n'aura plus besoin des chèvres. On en gardera peut-être quelques-unes en souvenir, pour amuser les enfants au Jardin d'acclimatation. Tu rigoles, mais c'est parfaitement possible. D'ailleurs on y est presque, tout ça c'est financé par des industriels de l'agro-alimentaire, et ils ne plaisantent pas, eux.

Les chercheurs ont prélevé sur les chèvres le gène de la protéine du lait de chèvre, et ils sont en train de le substituer, chez une vache, au gène du lait de la vache. Ne me demande pas les détails. C'est bien ou c'est mal ? On n'en sait rien, et de toute façon, les chercheurs peuvent faire ce qu'ils veulent, ils ne risquent rien, à titre personnel. Leur nom n'apparaîtra nulle part. Le clonage, les organismes génétiquement modifiés, la pollution chimique des rivières... qui est responsable ? On n'en sait rien, c'est monsieur personne, ce n'est même pas défini comme question.

— Tu crois qu'elle nous a vus ? Regarde son mec, là, putain, regarde, ce qu'il fait. Non, je te jure ! Il lui masse le cul, regarde ça, il lui fout de l'huile solaire, ouah, putain, passe-moi la serviette, j'ai un truc à cacher. Ouh là là, quel morceau, celle-là. Et tu as vu son mec ? Pas terrible hein, on aurait eu une chance, à mon avis, y a pas besoin d'aller jusqu'à Rio. C'est pas un transsexuel, au moins ?

Mais qu'est-ce qu'il fait, là, oh non, c'est pas vrai, mais il se croit où ce gros dégueulasse, regarde... regarde... merde, il lui fout de l'huile sur la chatte, mais si je te jure ! Je vois ça d'ici, il regarde devant lui tout droit, il croit que personne ne le voit... je te jure, c'est ce qu'il est en train de faire... c'est dingue, il pourrait faire ça ailleurs. Elle n'a même pas bougé le petit doigt, elle se laisse masser, comme ça, sans bouger. Merde alors, il s'essuie sur sa serviette. C'est porcif... Faut que j'aille me baigner là, vite fait, sinon je vais me faire repérer. Elle est froide au moins ? Faut que je me calme, faut que ça

descende... elle est où Jeanine ? Tu viens te baigner ?

Bon, finissons par l'admettre, Mizrahi était bien
en train de mater, et plutôt trop que pas assez. Si
j'avais su qu'à cet instant j'avais sous les yeux Claudia Verdier... enfin, une certaine partie de l'anato-
mie de Claudia Verdier, je serais sans doute resté
pour voir la suite de la scène, et pas seulement
pour me rincer l'œil. J'aurais abandonné les escargots, les biquettes, le Big Bang et toutes ces conversations relativement sans intérêt. Claudia Verdier, après avoir été bien massée, remballait ses
affaires sous la pression d'un individu visiblement
pressé d'aller ailleurs. Si au lieu de tendre le cou
pour mieux voir ses fesses, nous avions tendu le
cou pour mieux entendre leur conversation, nous
l'aurions entendue dire des choses comme :

— Magne-toi, merde.
— Oh ça va, hein, y a pas le feu, on n'est pas aux
pièces.
— Magne-toi, j'te dis.
— Tu fais chier, tu crois vraiment que c'est le
moment ? Ça ne te coupe pas, von Krutz, Zweistein, et le flic, là, ça ne te ramollit pas ?
— Allez viens, ne pense pas à ça, on s'en fout...
moi je m'en fous, allons à mon hôtel, et parle moins
fort, s'il te plaît.

— On était bien là, sur la plage...
— Tais-toi et viens.

Et d'autres amabilités de ce genre qui laissaient tout de même planer un doute sur la profondeur de leurs sentiments, sans parler de la différence d'âge.

Vanzetti

Un Italien qui tombe du ciel, c'est toujours assez chantant. C'est ce que devait penser Blanchot peu après avoir fait la connaissance de Bernardo Vanzetti.

La matinée avait commencé au comptoir de l'accueil à l'aéroport de Corte, où Blanchot se rendait pour attendre le célèbre physicien italien, à qui il ne manquait, hélas, que le prix Nobel (il le reconnaissait d'ailleurs lui-même). Vanzetti devait arriver par avion, le matin même, de Bologne. Mais arrivé à l'aéroport peu avant l'heure que Vanzetti lui avait dite, Blanchot ne trouva aucun vol annoncé en provenance de l'Italie. C'est pour cela qu'il s'adressa à l'hôtesse du guichet *Accueil*, laquelle affichait un ventre de cinq mois au moins, et des seins ad hoc, en rangeant discrètement un sac de layette car elle venait de remarquer l'inspecteur de police qui s'approchait pour un renseignement. Du sac dépassaient deux aiguilles à tricoter, et Blanchot se dit : « Elle doit tricoter de la layette », comme quoi, les déductions d'un policier ne sont pas toujours transcendantes, on peut souvent faire aussi bien.

S'approchant de la fille, il nota aussi, c'est-à-dire en plus de son ventre et de ses seins à la fois gros et pointus sur lesquels il s'était d'abord attardé, l'arrondi du visage, un sourire enjôleur et des cheveux à la Mireille Mathieu, ou bien à la Jeanne d'Arc, suivant les références que l'on préfère, qui tombaient parfaitement bien mis sur ses épaules. Si bien mis qu'elle en était aussi désirable que si elle n'avait pas été enceinte. On peut le dire : les hôtesses de l'air, vraiment, ça assure bien, même au fin fond du bled.

— Bonjour, on met les femmes enceintes au guichet, ici ? demanda en guise d'introduction l'inspecteur, croyant bien faire.

— Ben évidemment, qu'est-ce que vous croyez, c'est *justement* parce que je suis enceinte que je suis ici. Autrement, je devrais être en l'air, dans mon avion. Elle avait dit « mon avion » comme si elle en était la propriétaire, ou au moins le commandant de bord.

— Ah bon, quand on est enceinte on vous affecte au sol ? s'enquit Blanchot dans un français un peu bâtard.

— Oh oui, et pas que lorsqu'on est enceinte ; quand on est moche ou vieille aussi, c'est pas l'Armée du Salut ici.

Avec son intuition habituelle, Blanchot sentit que depuis sa grossesse et sa nouvelle affectation, la jeune femme découvrait ce que serait sa vie le jour où elle serait définitivement derrière un guichet, et que cela lui créait des soucis.

— Alors vous, ce doit être plutôt parce que vous êtes enceinte, suggéra Blanchot avec finesse, mais peut-être avec un peu trop de finesse, si bien que la fille ne comprit pas le sous-entendu, et répondit bêtement :

— Oui, c'est bien ce que je vous ai dit.

Blanchot n'osa pas revenir à la charge de façon trop insistante, et puis il pensa qu'avec un polichinelle dans le tiroir, elle devait aussi avoir un copain, voire un mari, ce qui limitait sérieusement les perspectives.

— J'attends un vol d'Italie, de Bologne, mais je ne vois rien d'affiché, lâcha-t-il plus prosaïquement.

— De Bologne, elle est bien bonne ! La fille pouffa de rire, puis se reprit. Mais monsieur, c'est l'aéroport de Corte ici, il n'y a pas de liaison avec Bologne. Comment voulez-vous ?

— Ah bon ? Pourtant j'ai rendez-vous avec quelqu'un qui doit atterrir à 11 h 30.

— Mais ce n'est pas possible, je vous dis, à moins que ce ne soit pas un vol régulier. Vous avez le numéro du vol, la compagnie ?

— Euh, non.

— Sans cela, je ne peux pas grand-chose pour vous. Qui attendez-vous ? dit-elle en clignant à deux ou trois reprises des paupières, avec un ton légèrement condescendant qui semblait sous-entendre cette fois « vous avez dû vous tromper, pauvre crétin ».

— Bernardo Vanzetti, fit Blanchot, en sortant dans le même moment sa carte de police tricolore, histoire de mettre les choses au point. La fille eut un petit sursaut :

— Ah bon, c'est plus clair comme ça. Je vais me renseigner, on peut peut-être faire un peu plus que ce que je vous ai dit...

Elle appela la tour de contrôle puis, après une conversation un peu technique, revint vers Blanchot.

— Il y a effectivement un plan de vol déposé pour un bimoteur Beechcraft en provenance de Bologne, c'est un avion privé. Il est sous contrôle de la tour, déjà, et devrait bientôt atterrir. Ce sera sur le taxiway, face à la porte 3. Vous pouvez l'attendre sur la piste, si vous voulez, mais pour cela, il faut passer le contrôle de police. Vous ne devriez pas avoir de problème, je suppose...

— Ah mais vous supposez parfaitement bien. C'est par où ?

La fille lui indiqua une direction d'un geste informe et Blanchot fut en quelques pas rendu au bon endroit.

Volare, oh oh,
Cantare, oh oh oh oh,
Nel blu dipinto di blú
Felice di stare lassù...

Depuis le bord du taxiway, Blanchot regardait et écoutait le pilote du bimoteur Beechcraft 150 chantonner en retirant son casque. Sur le fuselage luisaient en grand les caractères « I 5632 », au-dessus d'une petite cocarde représentant un aigle à tête blanche qui rappelait un peu l'emblème des États-Unis. L'avion, un bimoteur à hélice, semblait déjà d'un type assez luxueux, mais Blanchot n'avait aucune idée de ce que cela pouvait coûter, et même, il n'avait aucune idée de ce que pouvait coûter le simple trajet en avion-taxi depuis l'Italie jusqu'à Corte. S'il s'était renseigné un peu, il aurait su que le trajet revenait à quatre mille francs, environ, soit près de six fois le prix « normal », en train plus bateau. Évidemment, c'est aussi plus court, sans parler du plaisir de voler.

Ce n'est que bien plus tard qu'il apprit, complètement par hasard, et d'ailleurs cela est sans intérêt pour ce récit, que Bernardo Vanzetti avait une grosse fortune personnelle qu'il avait héritée de son père, industriel milanais de renom, qui malgré la réputation de « l'autre » avait fait fortune dans les années 1930 dans le commerce des armes. Le Beechcraft, tout simplement, appartenait à Vanzetti.

Une porte s'ouvrit sur le ventre de l'avion, et sur cette porte quelques marches par où devait descendre, en principe, le ou les passagers. Mais Blanchot ne vit rien venir, il s'avança un peu pour essayer de distinguer quelque chose dans la cabine, mais n'entendit que :

... uccello dipinto di blú.

Puis, après quelques bruits métalliques et un son de clé qu'on agite — le pilote venait de tourner la Bendix —, il vit apparaître le pilote, qui s'était complètement défait de son casque, et portait maintenant un sac de sport très rembourré. Il laissa le pilote faire le tour de l'avion, vérifier la jauge à huile comme s'il se fût agi d'une vulgaire deux-chevaux, puis esquisser quelques pas en direction des douanes avant de comprendre que, s'il n'y avait que le pilote dans l'avion et si l'avion venait bien de Bologne, Bernardo Vanzetti en était fatalement le pilote.

— Monsieur Vanzetti ! fit-il en élevant la voix et en agitant son bras en direction du physicien, tout en espérant bien ne pas s'être trompé.

Ce dernier, un brun frisé, un brin bronzé avec

des lunettes de soleil de marque *Ray-Ban* — et pas une imitation — se retourna, un peu surpris.

— *Ma sì, carabiniere* Blanchot ? Inchanté, inchanté, dit-il avec un accent terrible, en lui tendant la main.

— Excusez-moi, je vous ai laissé passer devant moi sans vous souhaiter la bienvenue : je pensais que vous étiez le pilote.

— *Ma* jé souis le pilote, aussi.

— *Sì*, euh... oui, bien sûr, mais c'est le *Professeur* Vanzetti que j'attendais, et je pensais plutôt, enfin... je n'ai pas réagi tout de suite.

— *Ho capito*, *ho capito*, je comprends, cela vous surprend. *Ma* vous savez je vole depuis longtemps, et mon laboratoire est très loin de là où j'habite... *allora*. C'est pratique, *molto* pratique. Sans parler des rendez-vous à Bruxelles, à Strasbourg, etc. Mes étudiants ont calculé pour moi : je vis à 75 km/h de moyenne !

Vanzetti négligea, évidemment, d'évoquer la gestion de ses usines qui, l'obligeant également à de fréquents déplacements à travers l'Europe, était la vraie raison de l'achat du Beechcraft.

Après le contrôle douanier et la police, Vanzetti insista pour passer voir le NOTAM du lendemain et pour commander de l'essence pour son plein, il eut aussi des papiers à faire remplir au contrôle. Puis les deux hommes purent prendre la direction de la sortie où attendait une voiture de police mal stationnée, en plein sur les clous situés devant l'entrée, où il est tellement interdit au chauffeur moyen de se garer. Blanchot fit monter Vanzetti à côté de lui, et lança tout de suite la conversation.

— En tout cas, je vous remercie beaucoup de venir nous aider.

— Non, non, ne me remerciez pas, c'est normal, au contraire, c'est moi qui vous remercie, je vais pouvoir comprendre, répondre à toutes les questions que j'ai dans la tête. *Si,* c'est plutôt moi qui dois vous remercier, je vais peut-être enfin savoir. *Grazie, grazie mille.*

— Savoir ? Savoir quoi ? C'est plutôt moi qui compte sur vous pour savoir, savoir qui a tué von Krutz.

— *Si, ho capito, ho capito, ma,* il y a cela à savoir, et d'autres choses aussi.

— Par exemple.

— *Per esempio, perchè...* pourquoi on l'a tué ? Qui l'a tué, c'est une chose. Mais pourquoi ? Il doit y avoir une raison très complexe ; regardez son expérience... très compliquée... regardez la théorie scientifique qu'il y a derrière, très compliquée aussi. Et nous tous, là-dedans du matin au soir... des gens très compliqués, avec des idées très *aventurosi* dans la tête. Un petit monde tout *piccolo,* dans la tête, tout à nous, et tout doit être comme le monde que nous avons dans la tête, sinon, on se sent très mal, on ne profite pas de la *vita,* on ne

151

chante plus, on ne ramasse plus les fleurs sur le bord des *cammini*. Et si on l'a tué, cela doit avoir un rapport avec la physique, avec son expérience, avec les *neutrini*, les « petits neutrons ». N'est-ce pas ce que vous m'avez dit ?

— Oui, avant de se faire tuer, Loïc Zweistein m'a dit que le détecteur avait détecté trois fois plus de neutrinos que d'habitude, trois fois plus que le nombre de neutrinos prévus par la théorie.

— *No, no,* trois fois plus que d'habitude, c'est le nombre prévu par la théorie, *giustamente.*

— Ah oui, « justement », j'oubliais.

— *E,* vous voyez. *Non è semplice. Nulle è semplice.* Les *neutrini* viennent du cosmos, alors, comment expliquer qu'il y ait trois fois plus de *neutrini, adesso* ? Une supernova qui explose dans une galaxie, le Soleil qui entame le dernier cycle de son existence ? Oui, cela pourrait expliquer l'augmentation du nombre de neutrinos. Mais les supernovæ sont en général à dix mille années-lumière, et la fin du Soleil, c'est pour dans dix milliards d'années, alors comment l'assassin a-t-il pu changer quelque chose au flux de neutrinos ?

— Je ne sais pas, vraiment, euh... oui, je dirais même plus comment faire pour changer quelque chose au flux de neutrinos ?

— Il faut chercher dans la *macchina*, dans la machine. Quand quelque chose n'est pas possible, c'est que c'est encore possible *diversamente, in un altro modo.* Si vous vous mettez un thermomètre dans le... dans... enfin, et que ça mesure cent degrés, c'est qu'il doit y avoir un problème avec le thermomètre, pas avec le... votre... Et puis von Krutz était un ami, mon ami.

Quand vous avez un adversaire comme von Krutz, vous avez au moins un ami, un véritable ami, quelqu'un qui vous hisse, vous hisse ça *si dice, no* ? (il prononça « si diché »).

— Oui, ça se dit, on dirait « élève », plutôt.

— Il était très très bon, et c'est grâce à lui qu'on a résolu ce problème *dei neutrini*, qu'on a enfin compris comment les particules élémentaires obtenaient leur masse ; beaucoup de choses ont été résolues avec les mesures de von Krutz. C'était un grand monsieur, un vrai *condottiero*. Mais maintenant qu'il est mort, je peux vous faire une confidence : j'aurais bien aimé partager le prix avec lui. *Ma,* je suis arrivé après lui. Il a publié trois mois avant moi. Cela a suffi, c'est comme ça. C'est lui qui a gagné, et moi j'ai perdu. Ce n'est pas grave, au fond, *non è importante, la vita è bella. Ma*, cela m'aurait fait plaisir, de le partager avec lui. C'était un ami, il aimait le *chianti*, tout comme moi, et la *pasta*, et il avait inventé une belle machine, aussi belle que la mienne. *Un uomo molto respettabile.* Ça aurait été bien sympathique de l'avoir ensemble. Vous voyez, c'est une autre raison, de vous remercier de m'avoir fait venir. Je n'ai pas eu le No-

153

bel de physique, mais je vous promets *una cosa*, je vais avoir le Nobel de criminologie. On dit ça, on dit criminologie ?

— Euh oui, ça se dit, répondit Blanchot embarrassé, qui ne voyait pas d'un si bon œil que le physicien se mette à réfléchir au meurtre de von Krutz comme s'il s'agissait d'un problème de physique. Il voyait cela avec d'autant plus de réserve que la mort prématurée de Zweistein lui avait clairement fait comprendre qu'il devait bien se garder de mélanger la science et l'enquête. Pour Blanchot, il n'y avait pas de doute depuis lors : il convenait de considérer le meurtrier comme un vulgaire criminel ; ne pas écouter les bonnes paroles du président du CNRS, ni maintenant celles de Vanzetti, et considérer les motivations du criminel comme parfaitement basses, mesquines et délinquantes, insensées même. Ne pas chercher dans l'enquête le plus désirable, le plus complexe, le plus bandant. « Tout ces gens-là s'écoutent un peu parler, pensa Blanchot, et viser le prix Nobel de criminologie, ce n'est pas forcément le meilleur moyen pour garder la tête froide. »

L'avenir devait montrer à Maurice Blanchot qu'il n'avait pas raison. Deux jours seulement après son arrivée à Corte, Bernardo Vanzetti devait comprendre pourquoi la machine de von Krutz avait détecté trois fois plus de neutrinos qu'à l'accoutumée. C'était la clé qui faisait sauter le verrou de l'enquête, et, dans les minutes qui suivirent cette découverte Blanchot sut qui, comment et pourquoi on avait tué Guillaume von Krutz et Loïc Zweistein. Si Bernardo Vanzetti n'avait pas été ce chercheur imaginatif et tenace, désireux à la folie de réussir un gros coup, il n'aurait pas réussi celui-là. Bien sûr, ce n'est pas là une grosse affaire financière, ni le règlement dramatique d'une prise d'otage, ni aucune des réussites héroïques qui font la une des journaux à sensation et forgent pour longtemps des mythologies. Comme sa recherche elle-même, c'est-à-dire comme sa recherche « normale », l'auscultation de l'expérience de von Krutz allait revêtir un caractère technique, scientifique, pénétrant, que l'on ne retrouve en général pas dans les affaires criminelles. Mais il y avait quelque chose en plus : on avait tué son ami, l'adversaire qu'il avait essayé de battre toute sa vie sur leur terrain à eux, dans les étoiles, c'est un minable assassin qui l'avait privé de son ami. Non content de cela, tout laissait à penser qu'il était issu du monde de la physique. C'était insupportable. Et, pire que tout, il avait été tué pour des histoires liées aux neutrinos. À leurs neutrinos « à eux », aurait pensé Vanzetti, s'il avait été aussi minable que l'assassin, eux qui avaient été les premiers à concevoir des expériences pour les détecter. Ce quelque chose en plus, cette motivation au-delà de l'envie de réussir, elle lui avait manqué pensait-il, dans la course au

Nobel. Mais maintenant, les choses n'étaient plus les mêmes. Il savait qu'il allait comprendre, parce qu'il voulait comprendre, à un point qu'on n'imagine même pas.

Assis devant des cuves gigantesques, remplies d'un produit anodin circulant entre des détecteurs, des buses, des pompes et des lasers, Bernardo Vanzetti allait devoir comprendre comment un appareil enterré sous cent quarante mètres de granit, serti dans une gigantesque cloche en béton armé dans laquelle on aurait pu faire tenir la cathédrale Notre-Dame, et conçu par son plus farouche adversaire, avait pu, à l'heure de sa mort, détecter le nombre de particules élémentaires émises au cœur du Soleil exactement prévu par la théorie, particules élémentaires qui avaient ensuite mis deux heures pour faire le trajet entre le centre en fusion et le fond de ce trou.

Le complice

Cette conne a failli tout faire rater. Heureusement que je suis arrivé à temps. Tuer Bernardo Vanzetti ! Quelle folle ! Ce n'est pas Vanzetti qu'il fallait balancer dans le ravin. C'est l'informaticienne. Elle aurait dû réfléchir un peu plus. C'est la seule capable de récupérer les fichiers ; la seule qui connaisse toutes les partitions des disques, et la manière dont ils sont connectés. Il n'y a qu'elle qui puisse refiler à Blanchot les fichiers, à condition encore qu'ils soient récupérables. Heureusement que je l'ai empêchée de balancer Vanzetti ! J'aurais dû faire attention, avant de m'arranger avec cette folle, elle va tout foutre en l'air avec sa haine. Faut qu'elle comprenne et qu'elle arrête. Ou alors, va falloir que je m'en débarrasse, et sans tarder. Pas facile. Hum, hum. Il va falloir réfléchir à ça, comme s'il n'y avait pas d'autres problèmes.

Bon, récapitulons, Zweistein est mort, et ce con de flic a essayé de récupérer les fichiers du disque dur de Zweistein. Comment c'est possible ? Elle m'avait garanti qu'elle avait tout effacé, cette conne. Les sauvegardes automatiques, c'est le mardi, pas le jeudi. Il ne devait rien rester. Heureusement qu'on l'a interceptée à temps. Interceptée, ah, ah. C'est le mot. Il ne risque plus d'y arriver maintenant, ah, ah. T'es foutu, Blanchot, t'es cuit. Il n'y a plus rien. Vanzetti, c'est pas grave ; on peut le laisser mariner devant la grande casserole, il ne trouvera rien. Et de toute façon, il n'y a rien à trouver. Un grand mystère, c'est tout ce qui lui restera sur les bras, et en travers de la gorge aussi. De toute façon, ce serait dommage de le tuer, cet Italien, il est marrant, et puis, il a encore quelque chose à nous apporter, il n'est pas au bout du rouleau, lui. La science a besoin de lui. Von Krutz, lui, il était grillé, fini, *burnt out* comme disent les Anglais, il n'y avait plus rien qui lui sortait, et en plus, c'était Claudia qui finissait tous ses calculs. Tous ses calculs, tous, c'est elle qui les finissait, et même les articles, il fallait qu'elle repasse derrière pour corriger les fautes. Ah, ah, on la comprend un peu, sa haine. Une femme, une faqueuse, en plus, et même pas moche. Elle avait bien de quoi avoir la haine. Est-ce qu'aux assises, on la condamnerait ? C'est même pas sûr. Si ça tourne mal, je la balancerai à Blanchot, elle, et ce qu'il faudra du paquet. Trouverai bien un moyen discret, avec ces Corses, ce n'est pas dur de faire circuler des rumeurs. Crois pas qu'elle caftera, et de toute façon, c'est pas son intérêt, un meurtre, un seul, et presque excusable, même prix Nobel, oui, un meurtre presque excusable, ça n'irait pas chercher loin, deux ça commence à faire, et le trou dans la tête de Zweistein, elle risque bien de le payer longtemps, plus longtemps que ses années de fac, et, en plus, si on apprend pour le troisième, elle ne risque pas de quitter l'atelier de Clairvaux, jamais, ça fait pas une belle perspective, quand on a à peine trente-deux ans, vaut mieux rester *Claudia Verdier and Partners Consulting*. Ça vaut mieux, oui, c'est sûr.

De toute façon, von Krutz avait décidé d'arrêter la manip. C'était pas une raison pour le tuer, mais presque, je suis sûr qu'il y en a plein que ça soulage, ils s'imaginent que ça va continuer comme avant, sans lui, les neutrinos au CENC. Les cons.

Ce qu'il avait fait, et le Nobel en prime, cela lui suffisait. Il voulait écrire des bouquins, von Krutz, maintenant. On s'en fout, ça ne sera pas une grosse perte pour la littérature, ce qu'il comptait écrire. Son œuvre était derrière lui, et en plus, c'était Claudia surtout, qui était derrière lui.

Le petit hamster

La ligne d'horizon a traversé le pare-brise dans un grand mouvement circulaire. Une première fois, une seconde fois, une troisième fois. Une demi-lune bleue a envahi le pare-brise, puis elle s'est couverte de neige, lorsque le pare-brise a éclaté, sans éclater vraiment. Couverte de ces lignes de fissures, la demi-lune bleue a tournoyé en accompagnant le mouvement de l'horizon, et, dans le même temps, un bruit de tôle froissée, mêlé aux déchirements — ou aux déchirures — d'une garrigue qu'on déracine, s'est fait entendre dans l'habitacle.

Elle a eu le temps d'ouvrir la bouche, de dire « merde », « non », puis plus rien. Elle n'avait pas encore perdu connaissance, mais sa conscience s'enfuyait, avec pour seule image le pare-brise éclaté, voile blanchâtre et irrégulier posé sur du bleu. Elle n'aurait plus su dire si c'était le bleu de la mer ou du ciel. Le toit cabossé s'était enfoncé jusqu'à son crâne, et l'os contre l'acier n'avait pas remporté la partie. Il lui sembla qu'une fumée noire commençait à l'envelopper, elle avait du mal à respirer, puis les yeux lui piquèrent ; c'était rouge. Elle ne respirait plus, ou à peine. La demi-lune bleue devint blanche, puis grise, puis elle disparut tout à fait. Et ce fut noir.

Au même moment, une voiture s'arrêtait sur la corniche, et un jeune gars de Monte Vista se penchait par-dessus le rail éventré pour jeter un œil dans le fond du ravin. Il n'y avait pas de doute : c'était bien une voiture, dans le fond, écrabouillée, enveloppée d'un nuage de fumée qui ne disait rien de bon. Il sortit, sans quitter des yeux le fond du ravin, un téléphone portable, sur lequel il composa le numéro d'urgence de la police. Il obtint sans délai le standard du commissariat de Corte, mais il tomba d'abord sur le disque réglementaire : « Toutes nos lignes sont occupées, veuillez patienter quelques minutes », censé filtrer les appels qui ne sont pas réellement motivés.

— Allô, la police, la police, merde, répondez vite ! Aïe Aïe aïe ! Merde ! Merde ! Merde ! Ça va durer combien de temps, ce disque à la con !

Le jeune homme commençait à trémuler sur le bord de la corniche, en agitant ses jambes et en serrant les cuisses, comme pris, sur le coup de l'émotion, d'une soudaine envie de pisser.

— Allô, police, fit d'une voix monocorde une

préposée mal réveillée, se préparant à passer sa nuit au standard.

— Vite ! Venez vite, c'est urgent, au secours... corniche de Ponte Rosso, une voiture est tombée dans le ravin, elle est dans le fond là, il y a des gens, il y a un bras qui dépasse. Ça va flamber, venez, venez vite, merde, venez vite. Qu'est-ce qu'il faut faire ?

Prévenu quelques minutes plus tard d'un accident survenu à une employée du CENC sur le flanc de la colline de Monte Vista, dans laquelle était creusé le laboratoire de von Krutz, Blanchot fut pris d'un haut-le-cœur. « Nom de Dieu, non ! » Il repensa à la jeune et aimable informaticienne aux petites joues de hamster, à qui il avait confié la tâche de retrouver les fichiers *Krutz* effacés par l'assassin de Zweistein, et soudain, pris de remords, il comprenait son erreur : il aurait dû la faire activement protéger. Trompé par le caractère technique, informatique, de la recherche à travers le réseau d'ordinateurs, Blanchot n'avait pas eu le réflexe de lui adjoindre quelques flics de Corte, pour qu'elle ne coure aucun risque. Au lieu de cela, il l'avait laissée passer une longue soirée seule face à ses écrans, une longue et dangereuse soirée à essayer par tous les moyens de récupérer les fichiers et le disque écrasé. Il se rendait compte maintenant qu'il fallait traiter une informaticienne partie à la recherche de renseignements importants pour son

162

enquête exactement comme un informateur, une vieille pute ou un dealer, qui accepte de témoigner contre un parrain de la mafia.

Sur la route, il tapa plusieurs fois du poing sur son volant, en disant à chaque fois : « Quel con, quel con... c'est ma faute, c'est ma faute. » C'est la gorge serrée qu'il vit apparaître à plusieurs virages de lui, au loin, les lumières orange et bleues des gyrophares de la police, des pompiers, et des services de l'équipement. Des hommes casqués remontaient une civière du ravin, et Blanchot essaya, du plus loin qu'il était encore, de deviner si le drap recouvrait ou non le visage. La scène disparut hors de sa vue derrière un nouveau virage de la route, qui épousait au plus serré les contours de la montagne. Il n'eut plus que le spectacle un peu sec de la garrigue et, en contrebas, le bleu de la mer, indifférent comme toujours aux tragédies humaines. À la sortie d'un virage, la scène reparut sous ses yeux, on glissait déjà la civière dans un véhicule d'intervention, et c'était trop tard pour deviner si le drap recouvrait ou non le visage. Blanchot accéléra encore, au risque de s'envoyer lui-même en l'air. Pendant une fraction de seconde, il eut le sentiment que les pompiers ne se pressaient plus beaucoup et il en conclut que le petit hamster, comme il l'appelait dans sa tête, avait dû mourir, écrasé dans le fond du ravin. Il n'avait pas besoin d'une enquête pour savoir qu'on avait saboté sa voiture, et qu'elle avait perdu les freins brutalement, dans la descente, avant de perdre complètement le contrôle de sa voiture. Elle avait essayé, grâce à sa présence d'esprit qui faisait des merveilles dans son travail, de finir la descente au frein à main, mais cela n'avait pas suffi, et la voiture était partie comme un boulet dans le rail de sécurité, à la sortie d'un virage, puis elle avait été catapultée dans le vide, dans la garrigue, contre les rochers, en un roulé-boulé qui ne lui laissait aucune chance.

Blanchot fut enfin sur le lieu du drame, il freina comme une bête en faisant crisser ses pneus devant le véhicule des pompiers et sauta presque en marche de son véhicule qui n'était pas encore complètement arrêté lorsqu'il ouvrit la portière et posa le pied sur le gravier. On aurait dit qu'il freinait sa voiture à la semelle.

— Alors, alors ? cria-t-il au premier flic qu'il put voir.

Tout le monde s'était retourné, et reconnaissant le flic de Paris qui était censé mener l'enquête au CEN de Corte, l'un de ses collègues lâcha :

— C'est une fille du CENC, une de votre affaire — mais cela fut dit sans joie, sans ironie et sans reproche. Elle est dans un sale état. Coma. Un jeune gars aussi, qui l'a sortie de la voiture, intoxication pulmonaire, on l'envoie en réanimation. Pour lui, c'est moins grave.

— Elle va s'en sortir ? demanda en haletant

Blanchot, qui sentait enfler sa responsabilité à un point qui le rendit presque malade.

— Oh ça, on ne peut pas dire. Traumatisme crânien, intoxication pulmonaire, des ecchymoses partout... et tout ce qu'on ne voit pas. On ne peut pas dire... La sirène couvrit les derniers mots du brigadier chef, et l'on vit s'éloigner le véhicule de premiers secours des pompiers qui emportait les deux victimes vers l'hôpital le plus proche.

Blanchot baissa les yeux et se surprit, pour la première fois depuis longtemps à prier : « Faites qu'elle s'en tire, mon Dieu, faites qu'elle s'en tire. »

Il fut interrompu par la voix du brigadier :

— Tiens, elle est française... dit-il en ouvrant sa carte d'identité. Je la croyais anglaise. Il paraît qu'avant de sombrer elle a dit deux fois « at police nationale, at police nationale ». « At », c'est bien de l'anglais non ? Elle devait vouloir appeler la police. Comment on dit ça, « appelez la police », en anglais ?

— Elle a dit « at police nationale » ? s'écria soudain Blanchot en bondissant hors de sa torpeur. Mais alors...

Évidemment, Blanchot venait de comprendre que le « at » prononcé par le petit hamster renvoyait au symbole @ utilisé dans les adresses *e-mail*. Le « at police nationale » signifiait blanchot@police-nationale.fr. Avant de sombrer dans le coma, la fille avait dû vouloir dire qu'elle avait adressé quelque chose à Blanchot, sur son compte *e-mail*.

De retour à Corte, Blanchot, entre deux appels à l'hôpital où il suivit heure par heure les quatre interventions chirurgicales, crânienne, maxillo-faciale, pulmonaire et rachidienne que dut subir la jeune femme, appela son *webmestre* à Paris qui lui confirma que, quelques minutes avant la tentative de meurtre (presque réussie) sur l'informaticienne, trois fichiers étaient parvenus sur son compte par l'intermédiaire d'*internet*.

Corte international

À l'accueil, la jeune hôtesse reçut Blanchot avec déférence. Une fois encore, Blanchot attendait un visiteur qui arrivait à bord d'un avion type taxi, et l'hôtesse en avait été très impressionnée. Que le flic reçoive coup sur coup deux personnes arrivant par des lignes privées, cela faisait beaucoup, ce devait être une affaire importante. Il convenait d'être à la hauteur. D'ailleurs, *c'était* une affaire importante, et elle était en passe de devenir encore plus grosse que prévue.

— Bonjour, monsieur le commissaire, dit d'abord l'hôtesse, sans doute influencée par les films de télévision — commissaire Maigret, les *Cinq dernières minutes*, les sous-merdes de ce genre où le policier de service est toujours commissaire.

— Ne me demandez pas, je me suis déjà renseignée : votre avion arrive de Paris dans cinq ou dix minutes. Ce sera sur le taxiway, j'ai demandé qu'on le stationne face à la porte 3, vous ne serez pas dépaysé, c'est la même que l'autre jour, pour le Beechcraft.

La jeune femme, prenant prétexte de l'arrivée d'un correspondant pour « le flic de Paris », avait pris sur elle l'autorité de faire déplacer l'aire de stationnement prévue pour l'avion-taxi, afin qu'il soit rangé au plus près de l'aérogare, à un emplacement normalement plus cher, où la compagnie aurait dû payer davantage. Les « zigouilleurs du ciel » là-haut dans leur tour, ressentant comme elle un certain frisson aux dernières nouvelles de l'enquête, s'étaient laissé faire, et avaient accepté cette injonction émanant d'une simple hôtesse. On n'avait plus parlé que de cela, à l'aéroport de Corte, le reste de la journée : « On déplace du beau monde depuis Paris », dans cette enquête « où il y a déjà trois morts », et la jeune hôtesse tenait le crachoir. Cn avait vite fait, évidemment, d'enterrer le petit hamster, bien qu'à la minute où se posait l'avion du directeur du CNRS, elle ne fût « que » dans un coma profond. Il faut d'ailleurs ajouter que, dans les mêmes récits qui circulaient à la cantine et dans la tour de contrôle de l'aéroport de Corte, von Krutz avait été abattu de douze coups de couteau, et le jeune Loïc Zweistein avait pris une rafale de AK 47/Kalachnikov en plein visage.

Bien qu'il ne sût pas qu'elle était salement bavarde, Blanchot se serait bien vu affublé d'une as-

168

sistante aussi fidèle et serviable, d'autant que bon, les hôtesses, ça assure bien. Et celle-là particulièrement, et puis on raconte tellement de choses, ça aurait pu être une bonne occasion de vérifier. Certains ont des fantasmes d'*Eurostar* sous la Manche, d'autres de *Jumbo*-jet transcontinental, chacun son truc. Avion ou train, les toilettes restent de toute façon des lieux bien exigus pour cela.

Blanchot fut surpris, devant le Robbin, de se retrouver à quelques jours d'intervalle dans pratiquement la même situation, debout face à un avion, à attendre la descente d'un passager. Cette fois c'était un monomoteur, et puis il savait à qui il avait affaire : le président du CNRS, Drjezislky, se déplaçait en personne sur le terrain, « sur le terrain d'aviation, même », pensa Blanchot, ce qui n'était pas très drôle, mais bon, c'est cela qui lui passa par la tête à ce moment-là.

— Ah là là, ah là là.

C'est à peu près tout ce que réussit à prononcer Drjezilsky dans les cinq premières minutes. Sur les trois marches du Robbin : « Ah là là, ah là là » ; en venant vers Blanchot la main tendue : « Ah là là, ah là là », pendant que son pilote le rejoignait avec son bagage : « Ah là là, ah là là ». La chanson de Vanzetti, bien qu'en italien, avait plus de relief. Quand il parvint à sortir de son espèce d'hébétude, Drjezilsky dit d'abord :

— C'est épouvantable, monsieur Blanchot, épou-

vantable. Zweistein, ah là là, ah là là. Zweistein...
ah là là. C'est vraiment horrible. Il faut me l'attraper, monsieur Blanchot, l'attraper, ah là là, il faut
en finir.

Drjezilsky s'épongea le front avec lourdeur,
comme font parfois ces vieux messieurs d'un autre
âge, qui sortent de leur poche un grand mouchoir
blanc très froissé, qui a dû traîner plus d'une semaine dans leur pantalon, qu'ils portent d'ailleurs
depuis plus d'une semaine. Puis il s'écarta de Blanchot, qui ne comprit tout d'abord pas où il allait, et
s'approcha d'une poubelle, une de ces poubelles
d'aéroport, en métal, hautes, rectangulaires, avec
un couvercle à bascule sur lequel est écrit « papiers », ou bien parfois un symbole représentant
une cigarette barrée ; sur le côté de ces poubelles, il
y a en général un réservoir de sable cubique. Il
s'approcha de cette poubelle en tenant le mouchoir
devant sa bouche, et, arrivé devant elle, posa la
main dessus et *pfuitt*, fit un vomi directement dedans, un petit jet mesuré, presque droit, qui tomba
pile dedans sans faire d'éclaboussures. Sorti de son
contexte, là, debout au-dessus de la poubelle, le
scientifique n'était plus le même homme, mais il
avait conservé de la rue Michel-Ange cette ironie
mordante, typiquement parisienne, et Blanchot reconnut dans sa façon même de vomir quelque
chose de cette indifférence, de cette supériorité

blasée qui rendait parfois le président du CNRS un peu amusant.

Drjezilsky lâcha le couvercle qui balança deux ou trois fois au-dessus du vomi fumant et reprit sa position normale. Tout cela avait pris à peine dix secondes, Drjezilsky revenait vers Blanchot, tenant toujours son grand mouchoir froissé contre sa bouche, avec une allure élégante pourtant, d'une autre époque, un côté Swann moribond cachant sa maladie aux Guermantes.

— Ah, ces fichus avions... mal au cœur. Excusez-moi, je suis noué. Et cette histoire, Zweistein... mon Dieu ! Zweistein... je suis noué. Ah là là...

*

Devant le CENC, il n'y avait plus qu'un piquet de quelques personnes, courageuses certes, mais bien clairsemées, qui maintenaient chancelante la flamme de la lutte contre le lobby nucléaire. Cela ne faisait pas bien sérieux, ces trois pelés et ces deux tondus, et l'on pouvait déjà prévoir que le Centre serait reconverti sans trop de difficulté en site d'enfouissement de déchets.

— C'est quoi ces pieds nickelés ? fit Drjezilsky, en haussant un sourcil au moment où la voiture entrait dans le CENC.

— Des manifestants qui s'opposent aux déchets.

— Quels déchets ?

— Mais les déchets nucléaires, ceux qu'on va stocker ici.

— Ah bon, on les a mis au courant, et vous aussi... C'est pas assez la merde comme ça ?

— Oui, c'est aussi l'avis d'Arpel, ça fait beaucoup d'un coup, tous ces événements, répondit Blanchot, qui s'apprêtait à insinuer quelque chose.

— Dérisoire, dérisoire, ces manifs..., fit le président du CNRS, comme si, vraiment, le piquet de manifestants à l'entrée ne méritait pas un mot, pas une remarque au-delà de « dérisoire ».

Vous ne pouvez pas nous dégager ça, non ? Qu'on soit tranquille pour faire l'enquête.

— Écoutez, l'enquête, c'est moi, et ils ne me dérangent pas beaucoup. À vrai dire, ils m'aident même un peu. Et puis, on vit en démocratie, s'ils veulent manifester, c'est bien leur droit.

— Une manifestation, ça ? Pas terrible... Ils vous aident ? Comment ça ? Franchement, ils ne font pas très sérieux. Enfin, c'est courageux de monter la côte depuis Corte et de rester là toute la journée à ne rien faire, c'est déjà ça, ils doivent aimer leur pays, c'est bien. C'est quoi leurs slogans, là, qu'est-ce qu'ils crient ?

— Ils ne crient pas, ils chantent, ce sont des polyphonies... des polyphonies *corses*...

172

Blanchot se retint de sous-entendre que la présence des manifestants était pour lui le signe de bien autre chose. Il ne savait pas encore quoi, mais il ne tarderait pas à trouver.

*

Réunis dans le bureau d'Arpel, Blanchot, Drjezilsky et le directeur du CENC eurent une conversation fort désagréable. Il fut d'abord question de la fermeture du CENC, qu'Arpel s'obstina d'abord à ne pas vouloir, puis qu'il s'obstina à ne pas vouloir admettre, puis qu'il s'obstina à ne pas vouloir discuter devant Blanchot. Pour finir, il ne s'obstinait plus beaucoup, et livide, un peu transpirant, il maugréait de toutes ses rides, qu'un froncement de nez intentionnel accentuait énormément. Il toisa Drjezilsky, le prit de haut pour presque le menacer :

— Vous n'auriez pas dû mettre ce policier au courant, il fallait garder cela secret le plus longtemps possible ; on ne pourra plus stocker les déchets ici, maintenant, les Corses auront tout le temps de s'organiser pour s'y opposer, ils sont déjà dehors, vous les avez vus ? C'est tous les jours dimanche ici, ils nous pissent dessus quand on passe, et ils chantent, en plus ils chantent. Vous les avez entendus ? C'est dramatique.

— Oui, mais pour les déchets, qui les a mis au courant ? C'est vous.

— Mais non, ce n'est pas moi, pourquoi voulez-vous ?

— Qui d'autre alors ?

— Messieurs, du calme, je tirerai cette question au clair moi-même. Ce n'est probablement aucun de vous deux. J'aurais tendance à croire que c'est Claudia Verdier.

— Pourquoi elle ? demanda Drjezilsky, d'un air étonné, qui enchaîna en montrant Arpel : c'est lui, regardez-le, il est vert, c'est lui, c'est certain. Ses expériences vont s'arrêter, tout se casse la gueule, c'est la terre brûlée, ici, vous ne le sentez pas ? Le Centre est maudit.

Blanchot se tourna vers Arpel, un grand sourire aux lèvres :

— Maudit, oui ; vous ne croyez pas que le président a raison, Arpel ?

— Si vous voulez ma démission, Drjezilsky, je vous la donne, je n'ai pas fait de la physique des particules pour finir dans la *macumba*.

— En tout cas, je suis sûr que ce n'est pas mademoiselle Verdier. C'est une chic fille, ajouta Drjezilsky.

— Vous la connaissez ?

— Un peu, sans plus, j'ai vu passer son dossier, dans la commission de recrutement du CNRS... on ne l'a pas prise... à cause de vous Arpel... Vous êtes un beau salaud.

— Comment ça, à cause d'Arpel ? demanda Blanchot qui se souvenait de sa discussion à propos de Claudia Verdier, et de l'astrolabe dans le tiroir.

Arpel commençait à en avoir vraiment marre, d'en prendre autant dans les gencives en moins d'une demi-heure, cela faisait trop, il commença à s'emporter.

— Mais merde à la fin ! Vous ne pouvez rien garder pour vous ? Vous êtes président du CNRS, oui ou merde, taisez-vous à la fin, faites votre devoir !...

— Mon devoir, mon devoir, ah, ah, il a bon dos le devoir... C'est bien vous qui m'avez appelé pour qu'on déclasse Claudia Verdier, elle aurait mérité d'entrer au CNRS, vous ne vouliez pas d'une « pin-up » dans votre labo, ce sont vos propres termes, une « pin-up »... Vous avez peur des femmes Arpel ? Ou bien elle vous faisait de l'ombre ? Je suis sûr qu'elle est meilleure que vous. Elle faisait déjà les calculs de von Krutz, elle ne faisait pas les vôtres aussi ?

— Tout ceci est insupportable...

Blanchot les interrompit :
— Bien, messieurs, il est l'heure, allons-y.

Effectivement, la levée du corps de Zweistein allait avoir lieu dans les minutes suivantes, et les trois hommes devaient se rendre à la chapelle ardente où se trouvait réuni le personnel du CENC. Arpel avait préparé un petit texte, Drjezilsky aussi, et, le plus calmement du monde, ils échangèrent leurs derniers mots en regardant l'un par-dessus l'épaule de l'autre leurs discours respectifs :

— C'est vous qui prenez la parole en premier ?

— Oui.

— Vous en avez pour combien de temps ?

— Oh quatre minutes à peine, j'ai chronométré ce matin, dans ma salle de bains.

— Bon ça va, moi aussi, j'en ai pour cinq minutes, tout au plus, vaut mieux faire court, hein ?

— Oui, oui, mieux vaut court.

— Allons-y, passez devant, vous avez prévu une pensée pour sa femme ? Oui, moi aussi, c'est triste hein ?

— Triste, oui, très triste.

Et les deux hommes, suivis de Maurice Blanchot, partirent dans les couloirs du CENC d'un pas sûr, fraternel, qui donnait toutes les assurances que l'administration, solide, sûre d'elle, saurait châtier les coupables et préserver la mémoire des victimes. Quelques minutes plus tard, Drjezilsky commençait ainsi son allocution :

« Le souvenir ne vaut que par la transformation de celui qui se souvient... »

Vanzetti

Quand Blanchot arriva dans la salle de contrôle de l'expérience de von Krutz, il trouva Vanzetti en pleine partie de ping-pong avec un étudiant. L'Italien et son adversaire tenaient chacun un cahier à la couverture rigide, entoilée, qu'ils utilisaient comme raquette. L'écran d'un ordinateur-station de travail type Sun Sparc servait de fronton, et le clavier posé devant, de filet. La balle rebondissait sur l'écran, et, si elle tombait sur le clavier, entre les touches, elle giclait sur les interstices comme à la roulette jusqu'à s'arrêter tout à fait ; le point alors était perdu. Il fallait taper astucieusement pour que la balle aille plus loin, rebondisse sur le bureau et parte vers le labo, d'où l'autre pouvait tenter un lift. Les deux hommes avaient l'air de bien s'amuser, et Blanchot s'en voulut presque d'interrompre la partie.

— Dites donc Vanzetti, vous m'avez fait appeler ? Dans le même temps, le flic regardait, incré-

dule, l'écran de la Sun, énorme et couvert de fenê-
tres ouvertes. Il n'en avait jamais vu d'aussi grand,
au point même qu'on l'utilisait ici comme fronton
pour une partie, et se demanda une fois de plus si
avec son petit écran pas plus grand qu'une grosse
carte postale, il n'était pas encore un peu à la
traîne.

— *Ma sì*, Blanchotte, *ma sì*.

Vanzetti arrêta la balle à la main, fit signe à l'étudiant que la partie était finie et qu'on revenait aux
choses sérieuses, et s'approcha de l'inspecteur en
s'épongeant le front.

— Je crois que j'ai compris, *ma* c'est étrange,
c'est très étrange. *È molto strano, molto strano*.
Vous savez qu'il y a des particules, appelées particules étranges, *le particelle strane*, ici aussi, on a des
neutrinos étranges, et une machine étrange, *la macchina*, je vous avais dit Blanchotte, c'est dans *la
macchina*, la solution au problème.

— Quelle solution, à quel problème, exactement ? Vous tenez l'assassin ?

— *Non l'assassino*. Mais je vais vous dire pourquoi il y a trois fois les neutrinos passés dans la machine. *Ecco*, c'est *impossibile*, en principe. Il faut
d'abord vous expliquer ce que fait la machine. La
machine mesure le flux de neutrinos émis par le
Soleil. Le Soleil est très chaud, il s'y passe des réactions nucléaires, tout ça émet des *neutrini*, qui arrivent sur Terre. Des millions de *mille migliare di mi-*

liardi di neutrini. La machine en arrête quelques-uns, et c'est ça que l'on détecte. Les *neutrini* arrêtés par le machin.

— La machine.

— Non... le machin, le machin dans la machine, le produit. Quand un neutrino tombe sur une molécule de machin, il le transforme en brome. On n'a plus qu'à compter les atomes de brome pour connaître le nombre de *neutrini*. *Evidentemente*, on détecte très peu d'atomes de brome, parce que les chances de taper une molécule de perchlorate sont très très faibles. Mais il y en a beaucoup, beaucoup, ça compense. C'est pour cela que la machine est faite de grands réservoirs. Beaucoup de savon, très peu de chances d'arrêter un neutrino mais beaucoup de fois très peu, ça fait un petit peu, et c'est ce petit peu qu'on mesure. *Ecco*, le produit circule entre deux *tanks*, et passe par un petit tuyau, ici.

Vanzetti montra du doigt un vague endroit plus étroit que le reste, entre deux des immenses réservoirs où se trouvait le produit servant à interrompre la course folle des neutrinos. Autour du tuyau que Blanchot était censé voir, il y avait tant d'appareils de mesure qu'il semblait illusoire de distinguer le tuyau lui-même, et Blanchot peu enclin à gober n'importe quoi sans réagir se demanda où Vanzetti voulait en venir exactement.

— Et où voulez-vous en venir exactement, Vanzetti ?

— Ah, ah. Le prix Nobel de criminologie, je vous avais dit ; on va se le partager, mais s'il vous plaît, arrangez-vous pour rester en vie, hein ? J'ai appelé la NASA, l'Agence Spatiale Européenne, et le détecteur de Kamiokande, au Japon. Tous ces gens-là passent leur temps à scruter le cosmos, le ciel étoilé et tout ce qui s'y passe. Au moment où von Krutz est mort, et que la machine détectait trois fois plus de neutrinos, il ne s'est *rien* passé dans l'Univers. Rien du tout, *niente*. Aucune explosion de supernova, pas d'éruption solaire, *rien*, le calme intersidéral. Tout était normal. Il n'y a aucune cause cosmique à la multiplication par trois des neutrinos. L'appareil n'a pas pu mesurer trois fois plus de neutrinos. Il n'y avait pas plus de neutrinos que d'habitude, que ceux émis par le Soleil, et ça on sait : il y en a trois fois moins, c'est pour cela qu'il a eu le Nobel.

— Ah, alors quoi ?

— Alors l'appareil a mesuré trois fois plus de neutrinos.

— Je fatigue.

— Et voilà le listing de l'expérience que vous m'avez rapporté. *Ecco, è tutto scritto qui* : il y a trois fois plus de neutrinos. La solution est simple, *semplice, semplicissima* : la machine a compté trois fois les *mêmes* neutrinos. Le savon a circulé dans un sens, d'une des cuves vers l'autre à travers le petit tuyau qui détecte les atomes de brome, puis dans l'autre sens, puis à nouveau dans l'autre sens. Les atomes de brome sont passés trois fois devant le détecteur. Le savon a fait trois passages dans le tuyau. Il a balancé d'un côté à l'autre, puis à nouveau vers le premier *tank*, puis encore une fois vers l'autre *tank*. On a compté trois fois les *mêmes* neutrinos.

Ne prêtant plus aucune attention aux détails de l'expérience que Vanzetti essayait de lui expliquer, Blanchot s'étrangla et lâcha d'une voix qui semblait dire : « Mon Dieu, non ! »

— Qu'est-ce que c'est cette histoire de savon ? Qu'est-ce que vous racontez ? Où ça du savon ?

— Mais le produit, dans le *tank*, qui fait l'aller-retour. *Detergente*, c'est du *detergente*, du savon. Il en faut beaucoup, von Krutz, et nous aussi, en Italie, on a pris un produit assez courant, du *detergente*, du savon, c'est pas cher, *non è caro*, et on peut en avoir beaucoup.

Ici, il convient d'interrompre le cours un peu linéaire de ce dialogue pour évoquer la montée de l'émotion, chez un individu qui a longtemps attendu une réponse à une question. Dans certains cas, une émotion intense peut provoquer, en une fraction de seconde, une élévation du rythme cardiaque, une sensation de bouche sèche, et à l'inverse, des mains moites ; la vue se trouble, le front semble congestionné, et l'adrénaline se met à couler dans les jambes au point qu'on aurait envie de les prendre à son cou. À cet instant précis, dont il faut rendre compte le mieux possible, Blanchot a tous ces symptômes, tous les signes d'une excitation soudaine et violente ; il entend le bruit mat et saccadé de ses valvules cardiaques dans sa poitrine et les neutrinos n'y sont finalement pas pour grand-chose. Pour qui ne connaîtrait pas cette sensation, souvenons-nous qu'on peut également l'avoir en cas de grande timidité, lorsque l'objet d'un amour fou mais secret se présente soudain à soi, et que l'on doit urgemment trouver quelque chose à dire pour concrétiser enfin ce qu'on aurait dû concrétiser depuis longtemps, et ne pas rater l'occasion de sa vie. Plus prosaïquement, une image érotique, bien cochonne, peut en une seconde provoquer le même trouble, la même chamade.

Alors voilà Blanchot qui s'assoit devant la station Sun, il a tout à coup un air fatigué, les mains moites et tout le reste, sa respiration est rapide, son regard est hagard et il dit enfin, en mâchant ses mots d'une voix sèche :

— Meeeeerde ! Le discobole !
— *Il discobolo ? Macché discobolo ?*
— Je vous expliquerai..., les neutrinos, dites-moi vite, pourquoi les neutrinos sont-ils passés trois fois devant le détecteur ?

182

— Rien n'est prévu pour que le savon circule trois fois. Non, ce n'est pas prévu dans la conception de la machine. Je ne vois qu'une possibilité, une seule, et elle est très étrange. Il faut que, pendant le fonctionnement de la machine, quelqu'un ait changé la phase des pompes qui font circuler le liquide. Il m'a fallu du temps pour trouver ça. Personne n'y a pensé, depuis le crime. Ici, le courant est triphasé. Chaque appareil électrique est branché sur du courant triphasé. Si l'on répartit les phases du courant sur les bornes des pompes de différentes façons, on inverse le sens de rotation des moteurs électriques, et en particulier, le sens de rotation des pompes. Vous comprenez maintenant comment von Krutz a été tué.

— Non, je ne comprends pas, quel est le rapport ?

— Ce n'était pas vraiment une question. C'était une affirmation. *E*, von Krutz était dans la pièce de chimie, à nettoyer un capteur avec un produit très toxique, devant la hotte aspirante. Quelqu'un a changé quelque part la phase du courant électrique, pour lui faire respirer un produit mortel. Après le changement des phases, les ventilateurs aspirant les vapeurs toxiques ont tourné *nell'altro senso*.

— À l'envers ?

— *Sì*, à l'envers, ça a soufflé les vapeurs toxiques dans toute la pièce, au lieu de les aspirer.

— Ça a refoulé les vapeurs mortelles, au lieu de les aspirer !

— *Sì*, et puis ensuite, la phase a été remise dans l'autre sens, et tout a été réaspiré dans le bon sens, à l'endroit. La pièce s'est revidée de tout produit toxique, on pouvait circuler dedans sans danger et sans s'apercevoir de rien. Tout était absolument normal. Vous comprenez, *capisci* ? Dans le même moment, les pompes de la machine, qui étaient reliées au même circuit électrique ont fait la même chose ; elles ont tourné dans le bon sens, pendant qu'il était encore vivant, puis dans l'autre sens pendant qu'il s'empoisonnait, puis à nouveau dans le bon sens pendant que la ventilation effaçait les traces du meurtre, en avalant l'atmosphère de la pièce. Et les neutrinos ont été détectés une fois, deux fois, trois fois...

— C'est dingue !

— *Sì, matto, proprio matto. Ma sottile, sottilissimo*. La seule *cosa* que ça prouve, c'est que les pompes de l'expérience et les ventilateurs qui aspirent l'air sous la hotte de la salle de chimie doivent être reliés au même disjoncteur, et c'est là que l'inversion des phases a été faite.

— Et bien plus, ce que vous m'avez dit prouve bien davantage.

— Ah bon ?

— Oui, à cause du discobole. Vous m'avez bien dit que le produit qui circule dans la machine, c'est du savon ?

— *Sì, detergente*, pour faire les mains propres.

— *Mani pulite ?* demanda le policier d'un air goguenard, en repensant au million de reportages sur l'opération « mains propres ».

— *Sì*, répondit Vanzetti, qui, ne se doutant pas du succès cisalpin de l'opération en question, ne sentit pas l'ironie dans la voix de Blanchot.

— Voilà, il faut que je vous dise qu'il y a environ cinq ans, un chauffeur routier a été tué sur une station-service, en France. Ce chauffeur transportait du savon ; des tonnes de savon liquide. Tout ce qu'on sait, c'est qu'il a été tué par une personne conduisant une voiture immatriculée en Corse, et qu'il a passé la nuit précédent sa mort avec une femme. On n'a jamais retrouvé l'assassin... la femme. Le savon, lui, était destiné à une entreprise italienne.

— *Stronzo !*

— L'assassin de von Krutz, par conséquent, doit être une femme ; il ou plutôt elle avait déjà tué, et ça fait trois avec Zweistein.

— *Ma perchè « discobolo » ?*

— Oh, c'est un peu compliqué à raconter...
Quel intérêt pouvait-on avoir à attaquer votre chargement de savon, à votre avis ?

Vanzetti eut un regard profond et, dans le même temps, pour ainsi dire suave, qui commença dans les yeux de Blanchot, puis, par une gêne immense, se mit à dériver vers ses chaussures, ou bien vers un vide sans âme dans lequel il se perdit, pris d'une immense et confuse timidité à admettre, par-devant le policier qui l'interrogeait, la triste vérité : quelqu'un avait dû contaminer le contenu du camion-citerne qui lui était destiné, dans le but évi-dent de retarder ses travaux. Cette brève et juste analyse avait évidemment ses conséquences : von Krutz avait gagné la course à la masse du neutrino, et plus prosaïquement au Nobel, en trichant. Lui, ou l'un de ses collaborateurs, évidemment. Von Krutz mort, comment savoir quelle avait été sa propre part dans ce forfait ?

Le bon tuyau

Vanzetti partit des cuves de von Krutz. À quelques dizaines de mètres de là, Maurice Blanchot forçait les scellés de la salle de chimie où von Krutz avait été retrouvé mort, et, sans égard pour sa mémoire, marchait avec ses semelles en *gore-tex* sur le profil recroquevillé, quasi fœtal, du physicien, qui était encore tracé au sol.

Passant la tête sous la hotte, il vit les tubes d'extraction, et, dans le fond des tubes, les pales de la ventilation. Sur le côté de la hotte, on devinait le début d'une installation électrique, alimentée par des câbles gainés dans des tubes en plastique de chez Weber tuyaux. Les gaines en plastique sortaient dans le couloir, devant l'entrée de la salle de chimie, à travers le mur et un système de doubles soufflets qui assurait une parfaite étanchéité de la salle de chimie.

De son côté, Vanzetti était déjà dans le couloir, devant la salle des cuves, contournant l'ascenseur à deux étages 0 et —1 qui donnait accès à l'extérieur. Il ouvrait une première porte de placard, pour s'assurer que l'alimentation haute tension des cuves passait bien dans une gaine de sécurité, le long du mur. Du sien, Blanchot faisait quelques mètres, suivant par la pensée le tuyau de chez Weber dans le mur. À une dizaine de mètres de la salle de chimie, il fit une première halte, ouvrit une armoire de couloir et trouva dans le fond la gaine, avec le petit cartouche « Weber tuyaux » imprimé dessus. La gaine repartait le long du mur dans le coffrage qui courait tout du long du couloir, entrecoupé tous les cinq ou dix mètres par une porte de placard permettant d'accéder aux gaines techniques : arrivées d'azote, alimentation électrique, ordinaire et secourue, buse à hélium, etc. De dix mètres en dix mètres, Blanchot ouvrait une porte, cherchait des yeux le petit cartouche « Weber tuyaux », puis repartait activement vers la porte suivante. De son côté, Vanzetti était arrivé à un carrefour, où un multiplexeur de chez Merlin-Gérin renvoyait l'alimentation des cuves vers un transformateur situé dans le couloir gauche, après l'ascenseur, sans doute plus loin vers le fond.

Vanzetti sentit sur sa nuque, alors qu'il progressait dans le couloir, qu'il se rapprochait de la salle de chimie. Il ne pouvait pas le savoir ; il ne connaissait pas l'architecture du bâtiment, et pourtant, il sentait Blanchot, au loin, qui se rapprochait, il aurait pu le jurer. Et, effectivement, ouvrant, fermant, ouvrant, une à une toutes les portes du couloir, Blanchot progressait de saut de dix mètres en saut de dix mètres. Il n'était plus qu'à trente mètres et trois portes à peine de Vanzetti qui, s'il avait prêté attention à un tel détail, aurait senti un léger mouvement oscillant dans la masse d'air qui l'entourait, mouvement dû aux ouvertures et fermetures successives des portes du couloir, qui se répercutaient maintenant jusqu'à lui. Ce mouvement régulier subit une légère interruption quand Blanchot, derrière une des armoires, trouva un panneau « colles-vernis » devant une énorme pile de tubes de colle. Il lui fallut quelques secondes pour identifier le type de cyanolite qui avait servi à immobiliser le discobole, puis il continua vers la porte suivante en se demandant à quoi pouvait bien servir toute cette colle au CENC.

Vanzetti, lui, tournait enfin dans un couloir plus large, accédant à une colonne verticale, où se trouvaient enchevêtrés tous les conduits de fluides et d'alimentation électrique du bâtiment, de la caverne d'Ali von Krutz. À huit mètres, guère plus, Blanchot convergeait vers lui d'un pas rapide, devinant, après avoir refermé la porte la plus proche, que tout s'était passé dans le placard principal, muni d'une porte métallique, où se trouvait le transformateur alimentant à la fois les pompes de la machine de von Krutz, et la ventilation de la salle de chimie. Arrivés face à face, les deux hommes se regardèrent en silence, avant d'ouvrir la porte métallique. C'est d'ici, de cet endroit précis, que von Krutz avait été tué, c'était maintenant certain.

La porte métallique permettait d'accéder au grand tableau général Merlin-Gérin, où, effectivement, il n'était pas difficile pour un spécialiste d'intervertir les phases. À la surprise des deux hommes, l'armoire communiquait de l'autre côté vers une autre porte en fer, donnant cette fois non plus dans le couloir, mais à l'intérieur d'une pièce. À cet endroit, le mur était creux, il ne portait pas, et l'installation électrique était accessible des deux côtés, discrètement noyée dans l'épaisseur du mur.

De l'autre côté, tout simplement, c'était le bureau de Claudia Verdier.

Blanchot ne dit rien, ayant maintenant tout compris, mais Vanzetti, pâle comme un linge lâcha à voix basse :

— Elle m'a invité à faire de la plongée sous-marine... On devait y aller demain...

Passant outre les injonctions de son complice, Claudia Verdier avait pris la décision, de sa propre initiative, de noyer l'Italien dans les calanques.

Claudia Verdier

Course folle dans le couloir. Un escalier d'abord... tourner vite sans éviter la rambarde : premier coup dans les côtes, et d'autres à venir. Réfléchir à cent à l'heure dans le même temps. Blanchot a compris. Merde ! Comment s'en sortir maintenant ? Une sonnerie retentit dans le lointain ; est-ce qu'on appelle déjà ? Va-t-il prévenir le poste de contrôle ? C'est déjà fait. Croiser des regards étonnés de cette course, des regards accusateurs et pourtant ignorants de tout. Ils sauront bientôt ; tous les collègues sauront ; sauront demain, ou même ce soir. Savent déjà, peut-être. Se doutaient-ils ? Quels regards ! Adieu les copains, bientôt finie l'amitié ; ils retourneront dans le calme boire leur tasse à la salle café, en commentant l'événement, ils descendront sans crainte au sous-sol. C'est foutu, foutu, foutu. Que faire maintenant, et cette course qui continue, et la porte de sortie qui approche. Bientôt l'air libre. Par où fuir ?

Pas de voiture, rien que les jambes, et cette jupe qui gêne pour courir, et ces petits mocassins vernis ; mal au petit orteil, et ça va empirer. Où aller avec ça ? Fuir à pied, dans la garrigue, par le portail piéton qui donne accès au GR. Oui, par là gagner du temps. Courir le temps qu'il aille au poste de contrôle et qu'on lui dise que non, que c'est par le GR qu'il faut aller. Franchir la grille, ça grince ; ce grillage est froid, les tubes en métal sont froids. La clôture est laide. Le centre derrière moi est laid, il n'y a plus que le GR et cette laideur inscrite dans la montagne, partout. Courir dans la rocaille, et ces mocassins vernis qui dérapent sur le gravier. Croiser un promeneur sac au dos qui s'étonne, évidemment, de cette course, de cette jupe, de ces mocassins, d'un regard effaré, d'un œil méchant ; qui s'étonne des cheveux dérangés, et qui se retourne, sur un visage qui s'est retourné aussi, et les regards se croisent, soupçonneux le sien, perdu le mien, et la certitude maintenant qu'il lèvera le bras dans cette direction pour dire aux poursuivants que c'est bien par là qu'elle a couru, oui, une femme hors d'haleine, elle est partie par là, une jupe, des mocassins, des cheveux noirs en bataille : il confirme, tout concorde et cela ne fait pas de doute pour Blanchot qui mène la poursuite. Quitter le chemin, au plus vite, mais pour aller où ? La mer, par là la mer, je vois le bleu, j'entends le ressac, et une mouette qui descend vers les rochers. Oui, aller par là. Déjà des cris au loin, des promeneurs, encore ? Ou bien déjà la meute à mes trousses. Ah mon Dieu, je n'ai pas voulu cela. Par où aller ? Ne pas finir ici, comme une chienne. Non, ne pas finir ici, ne pas tomber sur ce flic, et après voir les autres, tous les autres contre moi. Pas d'aveux, jamais, et plutôt crever. Un coup dans les côtes, à nouveau ; il était dit qu'il y en aurait d'autres, c'est une branche de jujubier, sèche, pointue, taillée en biseau. Une partie de ma chemise y est restée. J'ai mal au côté maintenant, et un point qui s'y met aussi. Halètement, fatigue, liquide salé qui coule dans les yeux, mal aux pieds, pieds fourbus dans des mocassins, quelle mauvaise idée, ces mocassins. Deux puis un, puis pieds nus, mocassins perdus derrière moi, autant de traces pour les autres, qui se rapprochent, je les entends maintenant, ils seront bientôt là ; ils sont dans mon dos, sur le fond lumineux du soleil. Quelle heure est-il ? Va-t-on vers le soir ? Tenir jusqu'à la nuit, mais comment ? Entre la côte et Monte Vista, entre les rochers et la garrigue, et la police qui piste avec rage. Et...

*

Moins de trente secondes après la chute, Blanchot fut sur le bord de la corniche. Il y avait un surplomb, qui donnait sur un rocher arrondi, convexe, quelque quinze mètres plus bas. Blanchot avait su s'arrêter, prévenu par le cri étouffé et le bruit mat de la chute de Claudia Verdier. Il se pencha pardessus le surplomb, demandant au gardien de la guérite du CENC, qui l'avait suivi jusque-là, de lui tenir le bras pour s'assurer qu'il ne tomberait pas, lui. Dans le bas, la jupe remontée sur sa ceinture, Claudia Verdier, couchée sur le ventre, exhibait un string et deux fesses potelées. Blanchot vit le spectacle sans aucun plaisir. L'immobilité de la jeune femme était plus qu'inquiétante, et le quart d'heure nécessaire pour descendre jusqu'au rocher par un chemin plus sûr ne lui rendit pas sa conscience. Blanchot avait compris avant même d'arriver sur elle. Avant tout, il rabattit sa jupe sur une chose qui ne l'intéressait plus du tout, puis regarda son visage triste, presque inexpressif, qui semblait avoir accueilli la mort avec soulagement.

Blanchot pourtant ne partageait pas ce soulagement. Non seulement parce que la justice aurait gagné à ce qu'elle restât en vie, non seulement parce qu'il avait encore des questions à lui poser, mais aussi parce que la mort d'un être humain, fût-il l'assassin détraqué d'un camionneur, d'un prix Nobel et d'un jeune physicien de second ordre, n'avait jamais rien de plaisant, ni de souhaitable. C'est un échec personnel pour un policier que de voir ainsi le coupable lui filer entre les doigts. Et Claudia Verdier avait échappé à la justice pour de bon, ça oui.

Un ange passe

À 15 heures 30 minutes et 25 secondes, tout fut fini. Le corps, remonté par les gendarmes, fut glissé dans une housse, puis étendu sur une civière et introduit dans un ambulance qui le convoya jusqu'à la morgue de Bastia, où il allait passer quelques jours avant d'être ramené à Montluçon, dans sa famille, pour une incinération dans la plus stricte intimité. Seuls monsieur et madame Verdier, buralistes, et la sœur de Claudia, esthéticienne, suivirent le corbillard jusqu'au funérarium, où le corps de la jeune femme partit en fumée en quelques minutes, au son de l'ouverture d'*Egmont*, de Ludwig van Beethoven, choisie par le croque-mort. Monsieur et madame Verdier n'aimaient pas la musique classique, de toute façon.

À 16 heures 12 minutes et 36 secondes, Blanchot, assis dans son bureau de Corte, cria « Entrez ! » au motard qui lui apportait dans un sac en plastique les divers effets trouvés sur le corps, au fond du ravin, ou dispersés le long du raidillon. À 16 heures 13 minutes, le sac fut vidé sur le bureau, en vrac, et Blanchot s'empressa de faire une dernière vérification, en se pressant lentement, aurait-on pu dire. Il avait acquis la certitude de... depuis quelques heures déjà il savait, mais il voulait vérifier, pour être totalement sûr, car il ne voulait pas commettre la plus grave erreur de sa carrière. Mais, au fond, Blanchot n'avait plus tellement envie d'être sûr parce que cette certitude signifiait la fin de ses illusions sur la science, l'aventure humaine, le progrès.

À 16 heures 13 minutes et 40 secondes, après avoir fini son tri, trouvé ce qu'il ne cherchait pas et n'avoir pas trouvé ce qu'il cherchait *à ne pas trouver*, il décrocha son téléphone, composa le numéro du Quai des Orfèvres, puis, après quelques tonalités et le barrage habituel de la secrétaire, il obtint au bout du fil le directeur de la police nationale, le même qui, quelques jours auparavant, lui avait confié cette mission, en lui faisant au passage des confidences sur le conseil des ministres — le Président de la République avait fait une remarque sur son nom « Blanchot, avec un nom pareil, il va nous tirer cette affaire au clair ». Et en effet, Blanchot venait à l'instant de tirer l'affaire au clair. La découverte qu'il fit dans les affaires personnelles de la jeune fille l'amena à prononcer ces paroles, sur un ton si solennel que son chef ne put d'abord rien répondre :

— Monsieur le Directeur, nous avons un problème.

Blanchot employait rarement la locution « Monsieur le Directeur » pour s'adresser à son chef, et ce dernier comprit instantanément que, en effet, ils avaient un problème.

À 16 heures 15 minutes et 30 secondes, le directeur de la police nationale composait sur son téléphone un numéro à trois chiffres, la ligne ministérielle directe. Après avoir été filtré par le sous-chef, puis le chef de cabinet de Jean-Pierre Chevènement, il eut le ministre de l'Intérieur lui-même au téléphone et ne sut dire que :

— Monsieur le Ministre, nous avons un problème.

À 16 heures et 25 minutes, Jean-Pierre Chevènement appela sur la ligne *flash* Lionel Jospin pour lui expliquer la situation.

— Allô, Lionel ? On a une grosse merde.

Le Président de la République, en plein tête-à-tête avec un dignitaire africain, fut prévenu à l'Élysée par le Premier ministre à 16 heures 35, pendant que les cars de CRS quittaient leur casernement, et que les hommes du GIPN embarquaient dans des véhicules banalisés.

À 17 heures, la rue Michel-Ange fut interdite à la circulation aux deux extrémités, les rues Molitor et de Varize furent bloquées à leur intersection avec la rue Michel-Ange, et des voitures de police prirent position aux carrefours boulevard Exelmans-rue Michel-Ange et boulevard Murat-rue Michel-Ange. Le cimetière d'Auteuil fut interdit au public, et un car de CRS prit position devant son entrée. Des barrières Nadar furent déployées un peu partout, en toute hâte.

À 17 heures 10 minutes très précises, leurs montres ayant été synchronisées, les hommes du GIPN s'engouffrèrent dans le hall d'entrée du CNRS, en sautant athlétiquement par-dessus les tourniquets, sous le regard effaré des minettes de service et d'un concierge tremblant que quelques gaillards musclés bousculèrent sans ménagement.

À 17 heures 10 minutes et 12 secondes, le président du CNRS fut retrouvé sur son maroquin, un Smith & Wesson de calibre 6" 35 dans la main droite, la tête reposant sur le côté avec un léger sourire aux lèvres et une flaque rouge qui gouttait de son bureau sur ses genoux.

Quelques minutes plus tard, tandis qu'on procédait aux premières constatations et qu'on levait le dispositif d'intervention, le téléphone sonna dans le bureau du mort. C'était Maurice Blanchot *himself*, qui avait calculé au plus juste le temps d'intervention de ses collègues et qui venait aux nouvelles.

— C'est vous Blanchot ? lâcha le directeur de la police nationale. Vous aviez raison. Mais on l'a raté...

— Il s'est enfui ?

— Non, il est là, mais il s'est suicidé, par balle. Il ne s'est pas loupé. C'était bien lui. Alors, qu'est-ce qui vous a convaincu, Blanchot ?

— Oh, plusieurs choses ; cette affaire était un peu différente des affaires habituelles, il fallait penser un peu plus subtilement que d'habitude, mais en même temps pas si subtilement que cela, pas *trop* subtilement. Les scientifiques, vous savez, sont finalement des criminels normaux pas comme les autres, dit Blanchot, en paraphrasant Drjezilsky.

Au bout du compte, ils font des assassins assez ordinaires ; c'est qu'ils ne doivent pas être très différents des gens normaux.

Voilà, il y avait cette histoire du discobole. Lorsque Vanzetti m'a appris que le produit utilisé dans la machine à neutrinos était du savon, j'ai tout de suite pensé au discobole. Le savon, vous le lirez dans mon rapport, était destiné à Vanzetti. Ce ca-

mion de détergent avait dû être suivi et intercepté
sur une aire de stationnement par des gens qui voulaient introduire un produit contaminant dans la
cuve, pour que l'équipe de Vanzetti se plante. Ça a
marché, sauf que le camionneur est mort, j'ignore
pourquoi, et on ne le saura sans doute jamais. Il a
dû les surprendre, ou bien la fille couchait avec lui
pendant que Drjezilsky introduisait le produit dans
la cuve. Je ne sais pas. En fait, même après avoir
fait le rapprochement avec le discobole, j'avais
fugitivement écarté la fille de la liste des suspects,
parce que je l'avais vue prendre le bus pour rentrer
à Corte. Cette navette n'est pas franchement marrante. Je m'étais dit qu'elle ne devait pas avoir son
permis de conduire. C'était un peu embêtant parce
que le seul indice sérieux qu'on avait glané, à l'époque du discobole, c'était la présence d'une voiture
immatriculée en Corse. Si la fille n'avait pas son
permis, ce ne pouvait pas être elle, or c'était bien
une nana qui avait couché avec le camionneur.
Mais en fait, il suffisait qu'il y ait un complice. C'est
lui qui conduisait, la fille n'était là que pour distraire le camionneur, ou quelque chose comme ça.
À ce moment-là, tout devenait plus clair. Après la
mort de Claudia, j'ai bien vu dans son portefeuille
qu'elle n'avait pas de permis de conduire, ça con-
firmait.

— Oui, mais pourquoi Drjezislky ?

— Oh, ensuite, quand on tient le bon bout, les

choses s'enchaînent facilement. D'abord, pour planter les Italiens, il fallait une réelle motivation ; le piège tendu au routier, et la contamination de la cuve, ne pouvaient avoir été montés que par une personne plaçant la réussite de l'expérience de von Krutz au-dessus de tout, quelqu'un de très proche de von Krutz, de très ambitieux, d'ambitieux au-delà de sa propre personne. Il fallait aussi une certaine compétence. Le produit glissé dans la cuve devait être un isotope instable d'un élément lourd émettant des rayons gamma dans une fenêtre assez étroite pour qu'on les confonde avec les photons obtenus lors de la collision d'un neutrino solaire et d'une molécule de savon.

— Heu... qu'est-ce que vous racontez, mon pauvre ami ?

— Ah oui, évidemment... Comme je vous l'ai dit, ce n'était pas une affaire simple. Heureusement, le *Dottore* m'a tout expliqué. C'est un *leurre* que les assassins du camionneur ont introduit dans la cuve, un leurre *atomique*. La désintégration naturelle du béryllium 28 donnait aux Italiens l'impression de découvrir beaucoup trop de neutrinos. Leur expérience, enterrée au fond d'une mine, sous une montagne, éliminait en principe toutes les désintégrations parasites de ce type. Or, justement, l'expérience de détection des neutrinos solaires n'a de sens que si l'on détecte *moins* de neutrinos que prévu. Parce que « moins de neutrinos » cela signifie que les neutrinos sont passés ailleurs, qu'ils se sont convertis en autre chose durant leur trajet entre le Soleil et la Terre. Et si un neutrino peut se convertir en autre chose, c'est qu'il y a des forces cachées, ou des trucs comme ça à découvrir, enfin bon, après je me perds un peu, c'est de la physique, quoi, vous savez, on ne comprend jamais très bien où ils veulent en venir.

Le résultat, c'est que les Italiens ont cru pendant des années avoir travaillé pour rien, être partis dans une impasse, jusqu'à ce qu'ils changent de produit, et obtiennent les résultats escomptés. Mais ils avaient perdu trop de temps, von Krutz a sorti son résultat avant eux : les neutrinos ont bien une masse, ils changent de nature au cours de leur trajet entre le Soleil et la Terre, et toute la théorie du monde, depuis le Big Bang est à revoir... C'est bien pour cela qu'il a eu le Nobel.

Mais pourquoi Drjezilsky, me disiez-vous ? Drjezilsky ne m'avait pas dit qu'il avait été le premier directeur du CENC, avant d'être promu au siège du CNRS. Pourquoi ? Et ses discours sur la mentalité des chercheurs, on pouvait les prendre à rebrousse-poil, ils devenaient suspects. Que le CENC, à travers von Krutz, obtienne le prix Nobel — et il l'a obtenu — c'était un immense succès pour Drjezilsky aussi. Enfin, sa visite au CENC, après la mort de Zweistein, c'était pour engueuler la fille, pas pour rendre hommage à Zweistein. Il

ne s'était pas déplacé pour von Krutz, alors, pourquoi venir pour un jeune soutier de la recherche ?
Ça n'avait pas tellement de sens.

Ah oui, le coup du vomi, très fort ça, le coup du
vomi, il a failli m'avoir, là, quel acteur.

— Qu'est-ce que c'est que cette histoire de
vomi ?

— Oh, un détail sans importance.

— Je veux bien croire au meurtre du camionneur, mais quel était le mobile de Drjezilsky pour
tuer von Krutz ?

— Tout simplement que von Krutz avait fini par
comprendre pourquoi Vanzetti avait perdu tant de
temps avec son expérience. C'est ce qu'il faisait
sous la hotte, le jour où il a été tué. Il nettoyait à
l'acide fluorhydrique un détecteur. Mais pas un détecteur de l'expérience de Monte Vista, un détecteur du Gran Sasso, en Italie, que Vanzetti lui avait
envoyé. Von Krutz lui avait demandé de lui en
fournir un, « pour vérifier quelque chose de très
important » avait-il dit. Vanzetti m'a montré la
pièce, sous la hotte, il m'a expliqué qu'il l'avait
adressée à von Krutz quelques jours plus tôt. Notez
que cela signifie que von Krutz n'était pas mêlé au
meurtre du camionneur, ça s'est fait dans son dos.

— Oui mais quand même, les preuves, ça ne fait
pas des preuves tout ça, vous m'aviez dit que vous
aviez des preuves... moi je vous ai cru, je n'ai quand
même pas envoyé le GIPN rue Michel-Ange juste
sur des impressions, tout de même.

— Il y a des preuves.

D'abord, concernant la fille. Claudia Verdier était le point faible du dispositif, parce qu'elle était un peu folle, à mon avis. Elle a sûrement pété les plombs bien avant cet été, avant même, peut-être, le meurtre du camionneur. Elle avait été la plus proche collaboratrice de von Krutz, c'est elle qui avait fait la mise au point de ce qu'on appelle « la machine de von Krutz », elle faisait aussi la plupart des calculs difficiles, von Krutz — c'est Vanzetti qui me l'a dit — planait un peu.

Ça lui est resté en travers de la gorge. Elle espérait bien partager le Nobel avec von Krutz. Taratata, elle n'a rien eu du tout. Elle en a conçu sans doute une haine énorme pour son patron... enfin, on a vu le résultat. Elle a dû s'affoler quand elle a compris que Zweistein était sur la bonne voie. Elle a dû penser qu'après la mort de von Krutz, on ne s'occuperait pas tellement de ce que l'ordinateur avait dans le ventre. Mais les chercheurs sont un peu obsessionnels, chef : Zweistein est retourné sur son expérience sans trop d'états d'âme vis-à-vis de von Krutz. Et c'est comme ça qu'on a compris, de fil en aiguille, le coup des pompes. C'était bien pensé. Il y avait une chance sur un million qu'on comprenne comment von Krutz avait été tué, mais une fois qu'on avait compris le coup des pompes, ce ne pouvait être que Claudia Verdier l'assassin.

L'autre preuve est bien plus simple : j'ai trouvé

une photo de Drjezilsky en compagnie de Claudia dans le portefeuille de la fille. Une photo prise à Salonique, devant la tour des Janissaires, sur le front de mer ; je connais l'endroit, j'y ai passé des vacances avec Nouvelles Frontières.

— Ah, je comprends maintenant.

— Vous comprenez quoi, monsieur le Directeur ?

— Le mot, le mot que Drjezilsky a laissé... sur son bureau... avant de se faire sauter la cervelle. Je vous lis... Ce n'est pas très long.

Blanchot n'avait pas très envie de connaître les raisons qui avaient conduit François Drjezilsky au suicide ; ou plutôt, il ne les connaissait que trop bien. Depuis quelques semaines, il avait eu tout le loisir de déconstruire le mode de fonctionnement des scientifiques : des jeunes scientifiques, des vieux scientifiques, des scientifiques femmes, des hommes, des ex-scientifiques, des futurs scientifiques, et il en avait un peu marre, parce que vraiment, les motivations de Drjezilsky étaient claires et en tout cas, elles n'étaient certainement pas celles qu'il avait dû écrire sur son mot d'adieu. « Des criminels comme les autres » voilà ce que pensa Blanchot, « et il a dû mentir jusque dans son mot d'adieu ». Confirmant Blanchot dans son sentiment, le directeur de la police nationale lut au téléphone, en donnant l'impression de vraiment y croire, les derniers mots du président du CNRS :

> *C'est pour elle*
> *je l'aimais*
> *La prison je m'en fous.*

Blanchot eut un grand soupir à l'autre bout du fil, et son chef comprit « des conneries tout ça ». En effet, François Drjezilsky avait emporté dans la tombe la véritable raison ; poussant sa folie jusqu'à son point ultime, il l'avait fait « pour la France ».

Épilogue

Les gens font parfois des choses embarrassantes, en croyant bien faire. Par exemple, je vais souvent aux États-Unis et chaque fois que j'y rencontre des amis, ils me servent du vin français très cher en pensant me faire plaisir. Seulement voilà : on trouve du vin largement aussi bon, pour ne pas dire meilleur, à vingt balles chez Nicolas, au coin de la rue, et en plus, je déteste le vin. Ce n'est pas très patriotique, je l'avoue, mais bon, il y a d'autres façons d'aimer son pays. D'ailleurs, quitte à boire en voyage, je préférerais tout autant boire du vin américain, californien, sur place. Au moins c'est une expérience à tenter, et puis, bon ou mauvais, ce sera un souvenir de plus que l'on rapportera de ce beau pays.

En tout cas je n'en veux pas à mes amis, cela ne me pousse pas au meurtre, et, si c'est embarrassant, ça ne l'est que très peu, il n'y a pas de quoi en faire un camion.

Autre chose embarrassante : sous prétexte que j'écris, on me fourgue des vieux manuscrits foireux en espérant que je trouverai un moyen de les faire publier. Il y en a qui comptent vraiment sur moi, les pauvres. Je ne sais pas combien cela leur coûte en photocopies, mais ça me fait un peu triste, assez pour que je ne jette pas la chose. Je la mets en haut d'une étagère ou d'une armoire, je cale mon frigo avec, et je me dis que c'est déjà charitable de ne pas l'avoir foutue à la poubelle, cela suffit à soulager ma conscience de n'avoir rien fait pour essayer de placer le manuscrit chez un éditeur.

Alors voici le dernier mistigri qui m'est resté collé sur les bras. Au moment de nous séparer, sur le tarmac de l'aéroport de Corte, Blanchot m'a tendu un paquet de feuilles et une disquette en me disant :

— Salut Meyer, je m'en vais, j'espère qu'on aura l'occasion de se revoir. Si jamais vous racontez cette histoire, et, je vous connais, je suis sûr que vous allez le faire, vous pourrez toujours placer cela. Ce sont des textes que Zweistein était en train d'écrire, juste avant sa mort. C'est l'informaticienne qui me les a donnés. Quand elle a récupéré le disque dur que Claudia Verdier croyait avoir complètement effacé, elle a aussi trouvé dessus ces deux brouillons... ou premiers jets... enfin, je ne sais pas comment vous appelez cela dans votre jargon. Zweistein m'avait dit qu'il travaillait sur une histoire d'ébéniste qui se suicide en sautant sur une quille. C'est l'un des textes, il est à peu près complet et s'intitule *La Quille*. L'autre texte est plus bizarre, cela s'intitule « L'histoire d'un pasticheur trotskyste », et il ne fait que quelques pages. Je vous les laisse tous les deux, vous saurez bien quoi en faire... c'est votre rayon après tout, et puis, ce ne sont pas des pièces à conviction.

J'ai pris maladroitement le paquet, à peu près gros comme une rame, et la disquette qui tendait à gicler du manuscrit comme un sauteur à ski de son tremplin, et j'ai dit « merci ». Eh oui, pris à froid, j'ai même dit « merci » pour ce cadeau empoisonné.

Alors voilà, j'ai effectivement raconté cette histoire ; d'une certaine manière, tout ceux qui apparaissent ici, quoique j'aie changé leur nom ainsi que les lieux du crime, m'ont rendu à leur façon service, puisque, en quelque sorte, je bâtis ma propre réputation (toute relative) sur leur œuvre. Loïc Zweistein est mort et enterré, et rien, demain, ne subsistera de sa mémoire. Il y a bien ces textes, et une honnêteté intellectuelle quasi maladive me pousse à les publier. Son éditeur a bien voulu accepter *La Quille*, que vous lirez bientôt en poche.

Il me reste les fragments de « L'histoire d'un pasticheur trotskyste », dont je ne sais vraiment pas quoi faire. C'est donc avec une certaine gêne que je me décide à vous les confier ci-après en estimant que, après tout, ces fragments font partie, certes de façon indirecte, de l'histoire.

Une autre raison, difficile peut-être à expliciter dans le détail — c'est une raison un peu sentimentale — qui me pousse à donner ce texte, est que, au moment où Maurice Blanchot me faisait ses adieux sur le taxiway, à quelques pas du hall d'embarquement de l'aéroport de Corte, à ce même moment exactement, en bout de piste, face à la 260, un homme seul, et qui ne chantait plus, réglait au point d'attente les derniers contrôles de sa *checklist*. Quelques secondes plus tard, il recevait de la tour l'autorisation de décollage immédiat, et mettait pleins gaz pour un vol à destination de Bologne, en principe.

Mais Bernardo Vanzetti avait compris, maintenant, pourquoi il n'avait pas eu le Nobel, pourquoi son « ami » était mort, et la partie inégale qu'il avait jouée depuis tant d'années avec von Krutz. Quelque chose de pourri remontait à la surface, et ces années de recherche stérile défilaient devant ses yeux à toute allure.

Après quarante minutes de vol, il quitta le palier à cinq mille pieds sur lequel il volait, et coupa les gaz de son Beechcraft, en violation de son plan de vol. Il regarda avec un petit sourire aux lèvres une espèce de pièce en tôle, qu'il avait fauchée sous la hotte avant de partir. C'était la pièce qu'il avait montrée à Blanchot en prétendant qu'il s'agissait d'un morceau de son détecteur du Gran Sasso, que von Krutz aurait été en train de tester. Qu'est-ce que c'était exactement ? Il n'en avait pas la moindre idée ; un morceau de Dural qui traînait sous la hotte pour une raison qu'il ignorait complètement. C'était tout ce qu'il avait trouvé, sur-le-champ, pour donner à Blanchot des gages certains que von Krutz, son « ami », n'était pour rien dans toute l'affaire. Vanzetti se contorsionna un peu ; il ouvrit sur le côté de la cabine de pilotage un petit hublot, qui fit entrer un bruit énorme dans l'habitacle, bruit de vent et de rivets tordus, et, sans un soupir, il balança le morceau de Dural dans la Méditerranée. En s'échappant à vive allure vers l'arrière, un coin racla la carlingue, en laissant sur le côté une longue éraflure, qui allait faire à peine l'objet d'une petite remarque dans le rapport des experts du bureau *Veritas*. Vanzetti referma rapidement le hublot, et le calme revint dans l'habitacle.

Pendant une dizaine de minutes, l'avion perdit lentement de l'altitude sans cesser de faire un petit sifflement, un léger feulement de la carlingue contre laquelle s'écoulaient les filets d'air. La portance était encore bonne. Au bout de ces dix minutes, l'avion avait parcouru une cinquantaine de kilomètres sur une pente calculée de 5 % ; le sifflement disparut soudain et la sonnerie caractéristique de l'avertisseur de décrochage se fit entendre. L'écoulement sur l'extrados devenait turbulent. Machinalement, presque professionnellement, Vanzetti tira sur les commandes pour constater qu'elles se ramollissaient, comme au cours des mille exercices de décrochage qu'il avait pu faire dans sa « carrière » parallèle de pilote privé. À cet instant, en principe, il était souhaitable de remettre les gaz, ou bien de retirer de l'assiette à l'avion, pour qu'il reprenne de la vitesse. Au lieu de se conformer aux mesures d'urgence qu'il connaissait par cœur, Vanzetti tourna la Bendix — ce qui eut pour effet, en ouvrant le circuit électrique, de couper aussi l'alarme de décrochage. Il débrancha la liaison radio avec le sol, devenue tout à fait inutile, puis, après un grand soupir, s'allongea de tout son long sur son fauteuil, incliné vers l'arrière en position presque horizontale. Il n'avait plus au-dessus de lui que la coque en plastique de l'habitacle, et le ciel, bien entendu, bleu et lisse au-dessus de lui, pleinement lumineux.

En lui, il n'y avait plus aucun sentiment, ni heureux, ni malheureux, ni bien, ni mal ; en quelque sorte, il avait perdu toute faculté de jugement, et n'était déjà plus. À cinq mille pieds sous lui, bientôt quatre mille, puis trois mille, puis plus que deux et bientôt de moins en moins, le golfe de Sardaigne l'attendait calmement, pour l'éternité. Vanzetti n'aurait ni le Nobel de physique, ni celui de criminologie, ni aucune autre distinction de cet acabit. Et cela n'avait plus d'importance. Il prit de l'air à pleins poumons et donna avec le genou gauche un grand coup dans le manche, vers l'avant, qui fit partir l'avion en vrille.

*

Ici s'achève donc mon manuscrit, et ce récit, *La Hotte*, pour ceux qui ne verront pas d'intérêt à aller plus loin [1].

1. Note sur épreuves : le capteur de pollution évoqué p. 39 fonctionne. Il a finalement été breveté (N^o FR 0010147, 01/08/2000).

Histoire d'un
pasticheur trotskyste
(fragments)
par Loïc Zweistein

Au premier jour il n'y avait rien, mais alors tellement rien qu'on se demande même si c'était le premier jour. Malgré tout, il y avait le verbe. Mais Dieu s'ennuyait depuis si longtemps à s'écouter parler tout seul qu'il décida de crrréer. Au commencement, donc, Dieu avait un accent. Assis sur un coin de vide, Dieu caressait sa barbe en se demandant quoi crréer. Au second jour, donc, Dieu avait une barbe. Les lois de la physique, cela semblait pas mal, mais enfin, pourquoi ne pas commencer directement par un côtes-du-Rhône ? Au lieu de cela, il se demandait ce que seraient les coâzarrs, le jour où il les aurait crrréés.

Au troisième jour, donc, Dieu regarda sa barbe et dit : « Heureusement qu'il n'y a personne, sinon je devrais inventer le rasoâârrr. » Puis il créa la matière, car c'était plus facile que se raser, et Dieu se rasait déjà.

Avant la matière, il n'y avait rien à voir. Après

non plus : la matière sans la lumière, ça ne sort pas de l'ombre. Dieu se dit : « Attendons qu'il se passe quelque chose », et il ne se passa rien, rien d'autre qu'une longue attente : ce fut le Big Flop. Un tel Flop qu'on n'en sut jamais rien, tellement rien qu'aujourd'hui encore, le secret en est bien gardé.

Un millions de phrases plus tard, Dieu se dit : « Mais bien sûr, il faudrait inventer le temps, pour qu'il se produise enfin quelque chose. » Il cessa de parler, et créa le temps, un vrai temps bien long, et non juste un temps de parole. Et cela ne suffit pas. Il n'avait pas eu le temps, maintenant il l'avait, et c'était toujours la purée de pois. Si l'homme avait été dans les parages, il aurait appelé cela des nucléons, mais en attendant, cela n'avait pas de nom.

Profitant longuement de grasses éternités, Dieu attendit que le temps ait fini sa course pour tout recommencer. Il y eut un dimanche, et un autre, et encore plusieurs centaines de milliards d'autres ; tous ces dimanches, cela faisait des milliards de temps sans années, et même sans années bissextiles ; sans orbites ni révolutions, le temps était plus simple ; puis le temps se replia sur lui-même et disparut dans un grand pffuitt ! de rien : il n'y avait pas de quoi faire un son, alors vous pensez, personne ne risquait d'entendre le temps arrêter de se prendre lui-même.

À la fin des temps, Dieu recréa toute la matière et eut une idée qui aurait pu être brillante si la lumière avait existé. Comme la lumière n'existait pas, il faut bien trouver autre chose, mais comme Dieu créait à l'instant la gravitation, on ne peut même pas parler d'une idée de poids. Bref, Dieu se dit que la matière sans la gravitation, c'était une mauvaise idée, et créa les deux d'un coup, puis il créa encore le temps en se disant : ça fait déjà beaucoup, et c'est maintenant seulement que ça commence.

Avec la gravitation et le temps, il n'y avait plus besoin d'attendre : ça se mit à remuer tout seul et c'était plaisant. Dieu se dit : la matière bouge, et c'est bien. Il se reposa le jour suivant, en pensant que « bien », c'était assez. Il n'avait pas que des mondes à créer : les jours d'après il voulait refaire un peu de néant, pour y créer tout autre chose que les lois de la physique, il songeait à quelque chose tellement autre qu'il n'y a pas de mot dans ce monde-ci pour en parler. On n'en saura donc rien.

Mais au lendemain, Dieu se réveilla surpris et disloqué en petits bouts : la matière s'attirant commençait à ruisseler vers elle-même, à se faire de plus en plus petite en laissant plein de rigoles, de trous, d'espaces de vide en son sein. Il fallait se rendre à l'évidence : la nature adorait le vide et la matière toute rabougrie. Ce n'était pas si bien, ce monde qui riquiquissait.

Après des temps immémoriaux, on arriva à une situation assez grave, c'est le cas de le dire, et Dieu vit que cela *était* grave : la matière se tombait dessus elle-même si vite qu'elle en avait mal partout, et tout autour d'elle on était revenu au même point : il n'y avait pour ainsi dire rien, et même, pour ainsi dire « ». Dieu lui-même était obligé de se faire de plus en plus petit pour pouvoir suivre la matière vers son propre trou. C'était un véritable paradoxe, que de la voir s'engloutir dans un trrou noâarr dont elle était son propre bord, son propre contenu et contenant ; pour une fois la grenouille se mangeait elle-même, pour finir boule grosse de chose mangée — cela fut dit et souhaité par l'homme, mais bien plus tard et dans un autre contexte.

Obligé de se rétrécir lui-même pour suivre la matière dans son mouvement, Dieu se trouva très inconfortable vers 10^{-45} mètre et décida qu'à l'avenir, il empêcherait la force gravitationnelle de tout ratatiner à ce point : à quoi cela sert-il de se décarcasser, si tout finit au fond d'un petit trou noâaârr. Au dix-milliardième de péta-ième jour, Dieu fut donc encore obligé de tout recommencer, et cela le fit suer. Il décida de faire un gros effort.

Le temps, la matière et la force gravitationnelle ne suffisaient pas à sortir le bon Dieu de sa lassitude, de son ennui et de son monologue. Seulement Dieu manquait un peu d'imagination, en ce milieu du début de la fin des temps et, plutôt que de créer directement un chanteur de variétés, il décida pour se distraire de créer une autre force. C'était sa façon à lui de faire des efforts. Cela ne lui avait pas trop réussi la première fois, mais il ne connaissait que cela : les forces, et bien obligé d'en mettre une autre, il songea d'abord à la force ultra-forte puis à la force hypra-faible, pour enfin se décider sur la force super-molle-antisymétrique. À la force molle, il adjoignit une nouvelle particule qui serait le vecteur de la force molle. Il décida de l'appeler le déprimon. Comme la force était antisymétrique, il dut créer aussi le partenaire du déprimon, ce fut l'amphétamino.

Cette force avait une particularité : dès que la matière devenait trop serrée, vers 10^{-45} mètre, l'espace et le temps se mettaient à tourner en rond en s'écartant de façon que la matière retourne dans le passé, alors qu'elle n'était pas encore à 10^{-45} mètre, et qu'en plus, elle prenne des formes un peu compliquées, comme lorsqu'on mélange de l'huile et du vinaigre. Ce mouvement circulaire et fuyant de la masse molle, c'était presque le contre-pied du tournoiement de la patineuse qui rapproche ses bras pour tourner plus vite. Mais enfin, il n'y avait pas de glace, il n'y avait pas de patins, et avec seulement la gravitation, la force molle, et 10^{-45} mètre d'espace, les choses étaient bien plus intéressantes que les exemples éculés des livres de vulgarisation :

218

les bras roses et glabres de la jeune et jolie championne, qu'on préférerait arrêtée pour en commenter les rondeurs, n'auraient pas été excitants à ce point.

Dans le monde mou, c'est la fin surtout qui est dure : quand la gravitation a tout attiré vers un centre bien précis, des bulles de matière prises dans le temps se mélangent à des taches d'espace molles, et la mayonnaise spatio-temporelle s'étale en tournoyant. Dieu vit l'espace mou se raffermir en disparaissant et se dit « cela est bon ». Puis il se dit « je vais créer un monde moins dur », et se dit encore « cela est bon ». Puis il reprit la matière qu'il avait déjà créée plusieurs fois et se dit : « Cela est bon. » Que de temps perdu, mais enfin, Dieu, par définition, ne peut pas perdre son temps.

Puis il se dit : « C'est dommage ce monde dominé par la gravitation et la force molle, car les hommes n'en sauront rien, mais enfin, il y a quelque chose d'intéressant dans ce monde mou : les mélanges d'espace et de temps s'auto-organisaient en structures intelligentes, et, autour de 10^{-45} mètre, c'est l'espace lui-même qui prend le temps de réfléchir. » Autant dire qu'il fallait être Lui lui-même pour arriver à suivre, à comprendre la conversation et les problèmes de cet espace et de ce temps emmêlés, car à tout propos cela donnait quelque chose comme : car autour de l'espace, c'était le temps lui-même qui prenait 10^{-45} mètre pour réfléchir. Autant dire qu'il fallait être Lui lui-même à tout propos pour arriver à suivre quelque chose comme cet espace et ce temps de conversations et de problèmes, et qui donc que Lui-même effectivement, pouvait suivre jusqu'à tout à l'heure.

Bref, ce monde donnait le vertige au verbe lui-même et Dieu se dit : « Cessons de nous balancer des compliments, cela n'est pas bon », et il décida de perdre son temps, en tout cas celui qu'il venait de faire, ce qui lui fit perdre son temps soudain deux fois, puisqu'il avait perdu son temps avec le temps qu'il venait de perdre.

Dieu se dit enfin : « Je repars de Moi-même » ; en langage divin, cela veut dire : « Je repars de Zéro. » Quand on est Dieu, on a la modestie divine. Il fallait l'espace, ce fut un, il fallait le temps, ce fut deux, il fallait la matière ce fut trois, il fallait la lumière, et ce fut un-deux-trois *Soleil* : bonté divine, la lumière fut.

Ici s'achève le manuscrit de Loïc Zweistein (1963-1999, *R. I. P*).

DU MÊME AUTEUR

Aux Éditions Gallimard

RAILS, Série Noire n° 2504

Composition Nord Compo.
Reproduit et achevé d'imprimer sur Roto-Page
par l'Imprimerie Floch à Mayenne
le 2 janvier 2001.
Dépôt légal : janvier 2001.
Numéro d'imprimeur : 50349.
ISBN 2-07-049961-8 / Imprimé en France.

95858